僕は奇跡しか起こせない

田丸久深

宝島社

目次

僕は奇跡しか起こせない

プロローグ　十五年前

窓の外から、ざわめきが聞こえてくる。

夜も遅いというのに、みんな、まだ外で騒いでいるようだ。

今日は年に一度の夏祭りの日で、たくさんの人が河川敷に集まっていた。花火の打ち上げの時間が近づくにつれて人の数はどんどん増えていき、わたしたちは大人の波にすっぽりと隠されてしまった。

その喧騒《けんそう》が、耳に焼きついているだけかもしれない。

でも、今日は花火が上がらなかった。花火大会は明日に延期になったのだ。

毎年、みんなで花火を見に行っていた。首が痛くなるくらい空を見上げて、花火が上がるのをいまかいまかと待っていた。昨年も一昨年もそうだったから、当たり前のように今年も花火が上がると思っていたけれど、急に雨が降り始めたので延期となり、慌てて帰ってきたのだった。

外の声が雨の音だと気づくまでに、少しだけ時間がかかった。

ベッドのなかで目をつぶっていただけのつもりだったのに、やはり少し眠りかけていたようだ。それを引き戻したのは降りやまない雨の音で、そして、同じ布団のなかで眠っていた彼が漏らしたため息でもあった。

「……紗絵《さえ》、もう寝ちゃった？」

真広《まひろ》のその声に、わたしは返事をしなかった。

「紗絵？　……寝ちゃったのか。ほんと紗絵は、寝るの早いよな」

わたしのたぬき寝入りにまんまとだまされたのか、真広はまた小さなため息を漏らす。一本一本慎重に指をほどきながら、つないでいた手を離した。そしてわたしを起こさないようそっとベッドから降りて、布団を肩までかけ直してくれた。

わたしは布団にもぐり込むふりをして、薄目を開けて真広の背中を見た。

豆電球がぽつねんと灯《とも》るわたしの部屋。あやうく本当に寝てしまいそうになったせいで、視界が少し白くかすんでいる。真広が素足で絨毯《じゅうたん》の上を歩き、おもむろにカーテンを開くと、窓ガラスにびっしりと張りついた雨粒が涙のように伝っていた。

それを見て、彼はまたため息をついた。鍵を外し、少しだけ窓を開くと、雨のざわめきが部屋のなかにいっそう強く流れ込んできた。

「雨、かぁ……」

そうつぶやき、真広はやっぱりため息をつく。いままでいちばん大きな、しょんぽりとしたため息。カーテンレールに吊るしたてるてるぼうずは、入り込んでくる雨粒であっという間に濡《ぬ》れてしまった。

「朝になったら晴れてるかもしれないよ？」

そのしょんぼりとした背中があまりに悲しそうだったので、わたしはそっと声をかけた。

「紗絵、起きてたの？」

「だって、すごい雨なんだもん」

勢いを増したのか、水道の蛇口を全開にしたような土砂降りの雨が降っている。外から吹き込む雨粒でパジャマがびっしょりと濡れてしまった真広は、慌てて窓を閉めた。

「明日も雨だって、紗絵のお父さんが言ってたよ。天気予報でも同じこと言ってたし」

「じゃあ、明日も花火だめかなぁ」

しぶしぶ窓際から戻ってきた彼は、部屋のドアをわずかに開けて、お酒が入って盛り上がっている一階のリビングの様子をうかがった。

時計の針は午前一時を過ぎていた。わたしの親も真広の親も、夏休みとはいえ子供たちがこんな時間まで起きているとは思っていないだろう。月に一度、真広一家を呼んでの団欒《だんらん》は、翌朝子供たちのほうが起きるのが早いくらい、いつも夜遅くまで盛り上がっていた。

父親たちがお酒を楽しむ日は、真広はわたしの部屋に泊まる。赤ん坊のころから一緒にいた真広とは、いつも同じ布団で寝ていた。小学校四年生。クラスメイトたちには、そろそろこのことは黙っていたほうがいいのかもしれない。

青いチェックのパジャマを着たその背中が、「おれたちも混ぜてくれればいいのに」と独りごちる。わたしたちを寝かせてからこそ大人の楽しい時間が始まるのだということを、彼はまだわかっていない。

「……お父さんたち、まだ話してるの？」

開いたドアから、廊下のかすかな光とともに、にぎやかな話し声が聞こえてくる。大慌てで帰ってきてへとへとだったはずなのに、出店で買ったおつまみとお酒で大人たちはまた元気を取り戻したようだ。

「明日もどうせ雨だと思って、とことん遅くまで起きてるつもりなんだよ」

「晴れだったら叩《たた》き起こして、どこか連れてってもらおうよ」

真広がドアを閉めると、話し声が遠ざかった。再び静かになった部屋で、ベッドの上で起き上がったわたしの衣擦《きぬず》れの音がやけに大きく聞こえた。ピンクの花柄でそろえたカーテンとベッドカバーが、豆電球の橙色《だいだいいろ》の光でぼんやりと赤く染まって見えた。

「もう寝たかと思ってた」

「寝たふりしてただけ」

「なんで？」

「いつもわたしが先に寝ちゃうから、真広が早く寝るように起きてたの」

わたしが頬を膨らませると、彼はごめんと謝りながらまたベッドに戻ってきた。ひとつの枕を二人で使い、向かい合わせに寝転んで手をつなぐ。真広からは、自分と同じシャンプーの香りがした。

「ねぇ、真広」

豆電球の灯《あか》りだけの部屋は薄暗くて、お互いの表情もあまりよく見えない。わたしが呼びかけると、真広はわずかに顔を近づけてきた。

「どうして今日、迷子になったの？」

起きているのがばれないよう、声を潜めて尋ねてみる。にぎわっている階下の大人たちに聞こえることはないと思うけれど、わたしたちはいつも、こうして息と声を潜めて秘密の夜更かしを楽しんでいた。

「夏祭りの会場なんてそんなに大きくないんだから、迷うことなんてないでしょ？なのに、どこに行ってたの？」

それこそ夏祭りには赤ん坊のころから一緒に行っていた。今日もチョコバナナを食べ、射的をして、くじ引きをした。そして大人のおつまみを買い歩いているうちに、真広の姿が見えなくなった。雨が降り出して、急いで帰ろうとなったときになってようやく、彼はずぶ濡れになりながら戻ってきたのだった。

「内緒」

真広はそう言って、少し沈黙した。

「……真広?」

「いまは、内緒」

ごまかすように、彼はわたしの唇に自分の唇を重ねた。

触れ合うだけの、淡いキス。その唇もすぐに離れて、真広はわたしの手をしっかりと握った。雨に濡れたせいか、その指先は冷たくて、温めようと力を込めると彼も強く握り返してくれた。

「約束する。紗絵のことは、おれが守るから」

「真広……?」

真広の発言の意図がわからなくて、わたしはただその顔を見つめることしかできなかった。彼はいつものおどけた様子ではなく、どこか誇らしげに、凛《りん》とした眼差しでわたしの目を見つめていた。

「約束なら、わたしともしたでしょ？　明日晴れたら一緒に花火を見に行くって」

カーテンレールに吊るしたてるてるぼうず。それはわたしが作ったものだった。明日は晴れますように、花火が上がりますように、真広と一緒に花火が見れますように。そう願いを込めたけれど、雨はまだまだやみそうにない。

「今日、雨じゃなかったら、紗絵と一緒に花火見れたんだけどな」

「明日晴れたら一緒に見れるよ」

「おれ、雨は嫌いだ」

小さなため息をつきながら、真広は雨音を遮るように布団を頭まですっぽりとかぶった。

「雨が降ったら、なにもできなくなる。サッカーもできなくなるし、川で遊ぶのもだめだって言われる。運動会だって延期になるし、花火だって見れない」

布団で覆われたわたしたちは、すぐにお互いの息で苦しくなった。けれど真広は布団から顔を出そうとせず、おとなしく枕に頭を預けたまま目をつぶった。

「紗絵と一緒に花火見たかったな」

「……真広？」

「おやすみ、紗絵」

それっきり、彼はなにも言わなくなった。わたしが何度も呼びかけても、決してまぶたを開かず、唇を閉ざしたまま。

まったく、わけがわからない。わたしはため息をついて、息苦しかった布団を肩まで下げた。

そして、寝たふりをするその真一文字の唇に、そっと口づけをした。真広は驚いたようで少し唇を緩めたが、決して目を開けようとはしなかった。

わたしはその嘘《うそ》の寝顔を、自分のまぶたが閉じるまで、ずっと見つめていた。

真広とはずっと一緒にいるのだと、わたしは思っていた。このまま大きくなっても、喧嘩《けんか》をしてもなにをしても決して離れることなく、ずっと一緒にいるものだと。

けれど翌朝。

わたしの手を握っていた彼は、布団のなかで冷たくなっていた。

雨はもうやんでいた。

けれど、真広と一緒に花火を見ることは、もう二度とできなくなった。

一　キセキが起こす奇跡

「紗絵せんせー、指切っちゃったから絆創膏《ばんそうこう》ちょうだい」

「紗絵先生、なんか熱っぽいからちょっと寝かせて」

わたしは保健室の主だった。

先生らしく、メイクはいつもナチュラルなものにしている。ヌードベージュのルージュに合わせて、服装もタイトスカートにシンプルなブラウスばかり。長く伸ばした髪はひとつに結んで、清潔感のあるせっけんの香りのコロンをつけて。いつも白衣を羽織って、保健室に来る生徒を待っている。

美上《みかみ》先生と名字で呼ばれることもあるが、ほとんどの生徒は親しみを込めて紗絵先生と呼んでくれている。高校生からすると、二十五歳の先生というのは年が近い姉のような感覚なのかもしれない。わたしが産休代理の臨時教師だから軽く見られているのではないかとは、あまり考えないようにしている。

一階にある保健室からは、グラウンドがよく見える。わたしは先ほどまで、体育の授業があった生徒たちが校舎に戻ってくるのをぼんやりと目で追っていた。十人十色の個性を持った生徒たちが、同じ色のジャージを着て同じ運動をして、同じ制服に着替えて同じ教室のなかでまた同じ授業を受ける。学生時代はなんとも思わなかったけれど、社会人になってから改めて学校に関わるようになったいまは、その姿がとてもまぶしく見えた。

つい七年前まで、わたしも同じ制服を着て担任の先生のことを「せんせー」と間延びした声で呼んでいた。けれどいまは白衣を着て、保健室にやってくる生徒たちの対応をしている。彼らと同じ制服を着ていたのはついこのあいだのことのように思うのに、きらきらとした瞳で学生生活を満喫している生徒たちを見ていると、年を取ったな、なんて思ってしまうときがある。

小さな町にひとつしかない公立高校。かつて自分が通っていた母校に、臨時採用とはいえ戻ってこられたことが、いまでも信じられない。一年間の期間限定ながらも、わたしはこの春から母校で養護教諭として働いていた。

「紗絵せんせー、次の授業出たくないから寝かせてー」

「そんな理由で寝かせられるわけないでしょ」

「じゃあ、風邪。風邪ひいてだるいから寝かせて」

「どうせ遅くまで夜更かししてたんでしょ。いいから、教室に戻りなさい」

保健室にやってくる生徒はじつにさまざまだ。けがをしたとか風邪をひいたとかいう生徒よりも、実際に多いのは仮病の生徒だ。高校生ともなると「先生」に威厳を感じることなんてほとんどない。わたしはいつもこうやって生徒に遊ばれているけれど、それもまたひとつのコミュニケーションだと自分に言い聞かせている。

わたしの実家のクローゼットのなかには、生徒たちが着ているのと同じブレザーが眠っている。けれど生徒たちからしたら、わたしが自分たちと同じ制服を着ていたなんてまったく想像できないに違いない。

自分に流れる時間の種類が変わることに彼らが気づくのは、もう少し先だろう。小学校から中学校、高校と当たり前のように流れていた時が、卒業後は大きく変わる。

「ほら、さっさと戻った戻った。定期考査前なんだから、ちゃんと授業に出なさい。テストが終われば夏休みなんだから」

なんとしてでもサボろうとする生徒を追い返して、わたしはひと息ついた。休み時間はなんだかんだ生徒たちが来るけれど、授業が始まれば静かになる。そのあいだに自分の仕事を進めなければならない。学校の先生は、授業中よりもそのほかの時間のほうがうんと忙しいのだった。

窓の外から校庭を見やれば、今朝の晴れやかな太陽はどこに行ったのか、鈍色《にびいろ》の雲がどんよりと空を覆っている。窓を開けると湿った空気のにおいが保健室に入り込んできた。そう時間がたたないうちに雨が降り始めるのだろう。となると、わたしもそれに備えて準備をしなければならない。

コンコン、とノックが二回。ついでおずおずと遠慮がちに扉が開くと、そこには顔色の悪い生徒が一人たたずんでいた。

「……紗絵先生、頭が痛いんだけど休んでもいい？」

「来ると思ってたわよ、綾音《あやね》」

やっぱり来たか、と内心でそうつぶやきながら、わたしは保健室に来た女子生徒を迎えた。この学校で働き始めて数カ月、生徒の顔もまだまだ覚え切れてはいないけれど、この生徒のことは入学当初から気にかけていた。

「薬はもう飲んだ？　一時間様子見て、だめそうなら帰りなさい」

「ありがとう、先生」

一年A組、村中《むらなか》綾音。雨の日になると、彼女は決まって頭痛を訴えて保健室にやってくる。だらしなくならない程度にブレザーを着崩したその身体は華奢《きゃしゃ》で、細いあごのラインで切りそろえられた黒髪は湿気の多い日でもまっすぐだ。小動物のような丸く大きな瞳は頭の痛みで細められていて、いつもの溌剌《はつらつ》とした彼女の姿はそこにはなかった。

雨の日は気圧が低くなって、身体がむくんだり古傷が痛んだりする人が多い。彼女の頭痛もそれのひとつで、雨の日はこうやって保健室で休むことが多かった。そのほかにもなんらかの不調を訴える生徒がよく来るため、雨の日はいつもより忙しい。

「綾音が来るってことは、そろそろ降り出すってことね」

「人を天気予報にしないでよ、先生」

「いいじゃない、自分でも予測しやすくて。雨の日は頭痛の薬を持って歩きなさいっていうわたしのアドバイス、役に立ってるでしょ?」

「それはそうだけど……」

自身の体調で天気を判断されたのが不服なのか、綾音は血の気の引いた唇をとがらせながら上着を脱いだ。その顔色は真っ白で、頭が痛いというのが嘘ではないことを如実に物語っている。保健室のいちばん奥、窓際のベッドが彼女の指定席だった。

「具合が悪くなったら呼んでね。今日はそんなにひどくなさそうで安心したわ」

彼女の頭痛は、ひどいときには吐くほどにまでなる。綾音のその体質については、入学当初に彼女の母親から聞かされていた。

「バイトのシフト入ってるなら、ちゃんとお休みもらいなさいよ」

「はーい……」

綾音がベッドに入ったのを確認して、わたしは布団を整えた。額に手を当ててみても、熱はない。薬のせいか少しまどろみ始めたようで、その瞳はとろんとしていた。

「ねぇ、先生。どうして雨が降るっていうのに窓を開けてるの?」

少しだけ開けた窓から風が流れてきて、カーテンを揺らしている。夏が近づくこの季節なら、むしろ空気の入れ替えができてちょうどいい。けれど、なぜいま開けるのかと、彼女はいぶかしがっていた。

「これはね、雨の日の先生のおまじない」

「なにそれ、子供みたい」

「いいの。習慣になっちゃってるのよ」

蛍光灯の光が目につらくならないように、わたしはスイッチを消してベッドを暗くした。綾音が寝息を立て始めるのにそう時間はかからず、ほどなくして空から雨が降り始めた。

ぽつぽつと、雨粒が外の垣根に落ちる音が聞こえる。しばらくすると、グラウンドが濡れて土の香りが風に乗ってくる。わたしは椅子を窓際に運んで、そこに腰かけながら雨に濡れていく外の世界を見つめていた。

雨が降り始めると、どうしても落ち着かなくなる。仕事が手につかず、わたしはただ雨音に耳を澄ませていた。

綾音は自分を天気予報にされたと怒るけれど、わたしにはその体質がうらやましかった。彼女が保健室に来る日は、必ずといっていいほど雨が降る。だからわたしは、彼女が頭痛を訴えると、不謹慎ながらうれしいと思ってしまう。
わたしはいつも、雨を待っている。

雨の音が強くなり、垣根を叩く軽やかな音が聞こえ始めた。ベッドの上からは綾音の規則正しい寝息が聞こえてきて、雨音とあいまってハミングを奏でているようだ。わたしは窓際に座ったまま、その音色に耳を澄ませていた。

上の階から、やけに騒がしい物音が聞こえてきた。保健室の上は二年生の教室で、いまは自習の時間だったはず。教師がいないのをいいことに騒いでいるのだろう、野球部員が硬球で遊ぶポーンポーンという音があたりに響いていた。音は隣の職員室にも聞こえているはずなので、そのうち誰か教師が叱りに行くに違いない。

授業中でも、小さな喧騒があちこちから聞こえてくる。それらに耳を澄ませながら、わたしは空を見上げた。

仕事をしなければ。そう思うのに、お尻が椅子にくっついてしまっている。わたしは白衣のポケットに入れていた手帳をおもむろに取り出した。

教師という仕事を始めてから、手帳はなくてはならない大切なものになった。細かなスケジュールを書き込むため、カレンダーの部分はいつも真っ黒だ。かわいらしい仔犬《こいぬ》の写真が表紙の手帳の内ポケットに、わたしは一枚の写真を挟んでいた。

幼いころのわたしが写っているその写真は、端が縮れ、色も変色し始めていた。なにせ十五年も前の写真だ。

写真に写るわたしは、十歳の小学校四年生。おかっぱ頭で、朝顔柄の浴衣を着て、くじ引きで当てたテディベアを抱きながらお祭りの出店の前でピースをしている。その隣には、ふざけてクッキーをくわえたままひょうきんなポーズをとる幼なじみ。名前は、逢田《あいだ》真広。お祭りだからとカラースプレーで金色に染めた頭は、ムラができて虎柄のようになっていた。

このお祭りの夜、彼はわたしの家に泊まり、翌朝ベッドのなかで冷たくなっていた。もしいまも生きていたら、彼はわたしと同じ二十五歳で、きっとサラリーマンかなにかになってそれなりに働いていただろう。

わたしは写真を手帳に挟み直すと、それを胸に当ててまぶたを閉じた。雨音に耳を澄ませながら、しとしとと地面を叩く雨粒のなかの風の音を探す。手探りで窓をさらに開けると、雨が入り込んで顔にぽつぽつとかかった。それでも、風の音が聞こえてくるのをじっと待った。

来た、と思った瞬間。雨の音が遠のく。そして強い風が吹き、保健室の白いカーテンが大きくはためいた。

「――よっ、紗絵」

窓枠の上に器用にしゃがんだ彼は、片手を上げてわたしに陽気な挨拶をした。金色に光る髪が、蛍光灯を浴びてきらきらと輝く。風にはためくカーテンが、彼の背中で翼のように揺れている。まるで天使が降りてきたようだった。

「真広……」

「なんだよ、その嫌そうな顔は」

そう唇をとがらせるその人物は、身長が伸び、声が変わり、さらに無精ひげまで生えた二十五歳の逢田真広だった。彼はいつもこうやって、雨のなかから現れる。

「床、水浸しなんだけど」

「これは断じておれのせいじゃない。窓を開けていた紗絵が悪い」

なにもやましいことはないとふんぞり返って言う真広は、雨のなかやってきたというのに身体のどこにも濡れた様子がない。その手に、傘もない。

「だって、窓を開けておかないと真広が来れないじゃない」

窓の下にタオルを敷き、わたしは室内に雨が流れ込むのを防いだ。雨は真広の身体をすり抜けて、床を水浸しにする。なかに入ってくれれば窓を閉められるのだけれど、彼はサッシの上に座るのが好きなのだった。

とはいえ、窓を全開にする必要はない。ほんの少し、空気が流れる程度の隙間があれば、真広はこの部屋に入ってくることができる。彼はわたしたちとは違うのだから。

「仕事中ごめんな。こっちに降りてこれたから、紗絵の顔見に来たんだ」

「それは、ありがとう」

「なんでそんなそっけない話し方するわけ」

「生徒が寝てるの。静かにして」

綾音の寝息に乱れがないことを確認して、わたしは声を潜めた。すると彼は愛嬌《あいきょう》のある猫目を丸くして、自分のことを指差した。

「おれの声は、紗絵以外の誰にも聞こえないけど？」

「それは……」

確かに、そうだった。真広の声はわたし以外誰にも聞こえないのだから、わたし一人が声を潜めて話せばいいだけのことだった。その姿も、わたし以外の誰にも見えない。いま綾音が目を覚ましたところで、わたしが開け放した窓に向かって独り言を話しているようにしか見えないだろう。

真広という存在を説明するのにいちばん簡単な言葉は、幽霊だ。けれど彼は、死後もなお、わたしと同じように成長を続けている。それは、彼にはわたしたちがいる世界と自分がいる世界を行き来する、ある理由があるからだった。

「せっかく時間ができたんだし、紗絵に会いたかったんだよ。だめだったか？」

「……だめじゃない」

本当なら嬉々《きき》として真広を出迎えたいところだった。けれどいまは保健室の主として、眠っている生徒を見守らなければならない。わたしは綾音が起きないよう、できるだけ小さな声で、白衣が濡れるのも構わず真広のそばでささやくように話していた。

自習をしている上の階は相変わらずにぎやかなようで、天井から響く物音のほかに、窓の外からも話し声が聞こえてくる。雨が降っているのも構わず、わたしのように窓を開けているようだ。

「仕事中の紗絵に会えてよかった。やっぱりいいな、保健室の先生は」

「頼りがいのある先生に見える？」

褒められて、わたしは胸を張った。白衣はわたしの仕事スイッチで、毎日これに袖を通すと身が引き締まる。

「白衣がエロくて非常にいいよ。それに眼鏡もかけてたら最高だけど」

わたしは無言で真広を突き飛ばした。

「ちょっと、紗絵！　濡れるからやめろって」

わたしの手は真広の身体をあっさりとすり抜けた。雨粒が白衣の袖にかかる。

彼に触れることはできない。ひんやりとした空気の身体を持つ彼は、いたずらっ子のような笑みを浮かべながらも、少し困ったように眉根を下げていた。

「わかった、ごめん、おれが悪かった。紗絵は立派な保健室の先生です」

真広はそう言いながら少し身を引いた。サッシに腰かけたままだった彼はそこでバランスを崩し、その身体はあっという間に外へと傾いた。

「あっ――！」

わたしが手を伸ばすのもむなしく、真広の身体は外に落ちた。まるでスローモーションのように、彼はわたしの手をすり抜け、そのまま垣根の上へと落ちていく。

けれど確かに、わたしの手のなかにはなにかをつかんだ感触があった。

「――紗絵先生、ナイスキャッチ！」

二階から、男子生徒のはしゃいだ声が聞こえた。見上げると、同じく窓から身を乗り出した生徒たちがわたしを見て騒いでいた。

「なんでそれが落ちてくるってわかったわけ⁉」

「紗絵先生ありがとう！　そのまま落ちてたら一発アウトだった！」

垣根の上に落ちた格好のまま、真広がこちらを見てニヤニヤと笑っていた。わたしはおそるおそる、いまさっき自分が握り締めたものを確かめた。

それは携帯電話だった。

「水たまりに落ちてたら全部パーだったよ。まじ奇跡だし！」

「紗絵先生、すげー！」

口々に生徒たちの声が聞こえる。自習中にはしゃいでいた生徒たちが、なにかのはずみで携帯電話を落としてしまったようだ。

「あんたたち、授業中になにやってるのよ。授業が終わったら取りに来なさい！」

雨粒を顔に受けながら、わたしは二階の生徒たちに向かって叫んだ。騒ぎを見兼ねた教師が来たのか、二階からも「こらー！」と叫ぶ野太い声が聞こえる。わたしを見下ろしていた生徒たちは、あっという間に教室のなかに消えていった。

「まったく、定期考査前なのに……」

「ナイスキャッチ、紗絵先生」

携帯電話を握り締めたまま身体を戻すと、からかうように真広が声をかけてきた。垣根の上に落ちたというのに、まるでソファーに身体を預けているかのような姿でふんぞり返ってわたしを見上げている。

「……もしかしていまの、真広がやったの？」

「さあ、どうでしょう」

肩をすくめて、彼はごまかす。それはつまり、イエスということだ。彼は軽々と身を起こすと、またサッシの上に戻ってきた。

生徒たちが「奇跡だし！」と叫んだ事象は、真広が起こしたものだった。

「まさかこんなにうまく紗絵がキャッチするとは思わなかった。水たまりに落ちないように、垣根に引っかかればいいやって思ってたから」

「やっぱり真広がやったんじゃない」

「さあ、それはどうでしょう」

あくまでも肯定はしないまま、彼はニヤリと笑った。わたしは雨に濡れた携帯電話をタオルで拭き、机の上に置いた。綾音を起こしてしまったかと思ったが、彼女はまだベッドのなかで眠っているようだった。

「紗絵、ちゃんと先生やってるんだな。怒った紗絵先生、超怖いな」

わたしが一瞥《いちべつ》をくれると、彼はひるんだように「ごめんごめん」と謝った。真広もまたやんちゃな男子生徒の一人に思えてしまうけれど、いまわたしは彼の〝仕事〟を、確かにこの目で見たのだった。

「わたしも、真広が奇跡を起こすの、間近に見たのは初めてかも」

真広は『キセキ』という存在だった。

『キセキ』は、『奇跡』を起こすための存在だ。生きている人々の目には見えないけれど、幽霊ではない。

彼ら『キセキ』は必ずどこかに潜んでいて、誰にも知られぬまま人助けをしている。結果、その行動は「奇跡が起きた」と言われる。よく耳にする『奇跡』のほとんどは、キセキの人々の行動によるものだった。

テレビのニュースや新聞でよく使われる『奇跡』も、ほとんどは『キセキ』が起こしたこと。『奇跡的に』『奇跡を目にした』『奇跡としか言いようがない』と言われる出来事に、じつは目に見えない誰かが関わっていたなんてこと、新聞記者もニュースキャスターも決して知らない。彼らはその存在を周囲に知られてはいけないのだから。

わたしがそのことを知っているのは、真広が『キセキ』として存在しているからだった。

足はある。身体も透けてなんていない。けれど、揺らめくカーテンが彼の身体にかかれば、触れることなくするりとすり抜けてしまう。彼は物にさわることができない。ごはんだって食べることができない。そして、普通の人の目には決して見えない。

逢田真広は間違いなく、十歳のときに死んだ。

けれど彼は『奇跡』を起こす存在として、わたしのもとに戻ってきた。

「いつもこんな感じで奇跡を起こしてるのね。生徒たちは、きっといまのは偶然とか思ってないだろうけど」

「ラッキーもまた奇跡だよ。いいんだ、べつにおれたちは感謝されたくてやってるわけじゃないし」

わたしたちが奇跡と感じないような小さなことまで、彼らキセキが関わっていることがよくある。たとえば、テストでヤマが当たって百点を取れたとか、アルバイト中にたまたま客の忘れ物に気づいて、走って届けたらなんとか間に合っただとか。そういう些細《ささい》な事柄にまで、じつはキセキたちが関わっている。そのときの百点のおかげで推薦に引っかかることができたり、届けた忘れ物の主が就職希望先の面接担当者で、その縁で就職できたりと、小さな奇跡がその後の大きな未来につながっていくのもよくあることだった。

「あとでわかればいいんだ。あのときあんなことがあってよかったって。どんなに小さな出来事だって、あとで思い返してもらえればそれで本望さ」

「真広はこれからどんな奇跡が起こるかをわかって起こしてるの？」

「そうだよ。おれたちはわかる範囲の未来のなかで奇跡を起こすんだ。見えない未来もあるから、それには手出しできないけど」

キセキの人たちは、未来を知っている。そしてその未来のなかで、これから自分たちの起こす奇跡を知り、行動する。

未来が少しでも幸多くあるために。いまもこの世界のどこかで、キセキたちは働いている。

「つまり、真広にはこの先の世界がわかってるってこと？」

ならば、いま起きている事件の犯人もわかるし、これから先の試験の内容とその答えも、さらにはわたしが合格するかどうかもわかっているのだろう。わたしがいつ、どのようにして死ぬのかも。

「いや、この先のことが全部わかってるのは、上の偉い人たちだけだよ」

つまり、真広に未来を読む力はないということか。

「でも、いくつかは教えてもらってるし、決まってる仕事だっていくつもあるんだ」

真広は胸を張り、自慢げに笑った。彼はこの『キセキ』という仕事に、とても誇りを持っていた。

キセキという存在は、この世で生をまっとうし、死んで魂だけになった人たちのことだと彼は教えてくれた。次、生まれ変わるまでのあいだ、選ばれた魂だけが奇跡を起こすキセキになるのだという。

真広はわたしと同じように成長して、二十五歳になった。声も低くなったし、背だってとっくに抜かされている。けれどそばにいても、伝わってくるのは彼の体温ではなく雨がもたらす空気の冷たさだった。

まじまじと真広を見つめると、彼は照れ臭そうに顔を背けた。その綺麗《きれい》な横顔は、ごちゃごちゃと耳を飾るシルバーピアスで台なしになっていた。

「またピアス増やしたの？　穴だらけじゃない、それじゃあ」

ジーンズにパーカとラフな格好に、傷んだ金の髪といくつも開いたピアスの穴。見た目はすっかり変わってしまったけれど、笑った顔は昔から変わらない。

「出た、学校のセンセイ」

真広のその言い方に、わたしのこめかみがぴくりと動いた。彼はよくこうやってわたしをからかう。ならそれらしく応えてあげようと、わたしは彼に向かって人差し指をびしりと向けた。

「なにその軟骨の穴から耳たぶまでつながる棒は！　親からもらった身体をなんだと思ってるの！　鼻に穴開けて耳たぶまでチェーンでつないだりしたら、わたし、本気で怒るからね！」

「……紗絵が言うなら、外す」

さすが、センセイ。そうつぶやきながら、しぶしぶといった手つきで彼が外し始めたピアスは左耳のものだった。耳たぶから軟骨までところ狭しと穴が開いている左耳とは違い、右耳にはひとつしか穴が開いていない。それは真広がキセキである以上、肌身離さず持ち歩かなければならない鑑札だった。

奇跡　33756　MAHIRO

小指の爪ほどの大きさの、プレート型のシルバーピアス。そこに彫られているのは、彼の名前とＩＤ番号だ。

キセキは仕事でこちらに来たとき、行方不明になってしまうことがあるのだという。その際にすぐに発見できるよう、そのプレートで現在位置が特定できるようになっているらしい。シルバーピアスのどこにそんな効果があるのか、わたしにはわからない。真広はわたしたちの世界のことをよく知っている。けれどわたしは真広たちの世界のことをほとんど知らなかった。

「真広はいつも、どこから来るの？　雨の日しか来ないっていうのはわかってるけど、晴れの日はどこにいるの？」

「知りたい？」

「知りたい」

「今日の紗絵は積極的だな」

ニヤリと真広が笑う。そして彼はピアスを外しながら、顔を寄せてきた。その言い方にまたわたしが怒りそうになると、彼は耳をさわっていた指をぴんと上に向けた。

「いつもは上にいるよ」

「……うえ？」

「そう、上。雲の上っていうか、空の上っていうか。そこから、紗絵たちのこと見てるよ」

手で双眼鏡のように丸を作って、真広はそのなかからわたしをのぞいた。指で作った輪のなかで、彼が瞬《まばた》きをする。その瞳は生徒たちのようにきらきらとしていた。

「雨の日だけ、おれは下に降りてこられる。雨粒が降ろしてくれるんだ。そこでおれはキセキの仕事をするけれど、雨がやんだらまた上に戻らないといけない」

「じゃあ、キセキの人たちはみんな雨の日しか仕事をしないってこと？」

「違うよ。おれがただ、雨の日にしか動けないだけ。みんななにかしら制限されてるんだけど、いまいちわからないんだよな。夜明けの時間とか、夕暮れの時間だけって限定されてる人もいれば、毎日決まった時間にしか動けない人もいるし。学校の卒業式の日にしか動けないっていう人もいるんだ」

首を傾《かし》げるわたしに、真広は続ける。

「決まった時間にしか動けない人は、いつも電車の時間をこっそりいじってるんだ。わざと到着を遅らせたり、早めたりしてる。到着を遅らせて、乗り遅れそうになってた遅刻ギリギリのサラリーマンを助けたり、いつもより一本早い電車に乗った新聞記者が痴漢の常習犯をつかまえて、自分が新聞に載ることになったり」

「卒業式は？」

「卒業式なんてもう大忙しだよ。若者たちの一大イベントだ。あっちで告白こっちで告白してるのをうまくいくように取り計らったり、憧れの先輩の第二ボタンを転んだ拍子に引きちぎって手に入れさせたり。忙しそうだけど、その日の仕事は楽しいだろうな」

まさかキセキが関わっているなんて思わない奇跡が、そこでもたくさん起きているのだろう。キセキはいつも日常に溶け込んでいて、自分の存在を決して主張しない。わたしは真広に言われて初めて、そんな些細なことにまでキセキが関わっているのだと知った。

「決まった時間にしか動けない人は、自分が電車の事故で死んでしまった人。卒業式で奇跡を起こす人は、卒業式に出ることを夢見ながらも病気で死んでしまってそれが叶《かな》わなかった人。みんなそれぞれ死んだときの事情が絡んでいるみたい。おれは単純に、雨の日に死んだから雨の日にしか動けないんだと思うけどな」

わたしたちはキセキの世界を知ることはできないけれど、キセキたちにはいつでもわたしたちの世界が見えるようになっているらしい。いつも空の上にいる、つまりそれは、物語のなかに出てくる『天国』の世界だ。

雨の日に死んだから。当たり前のように、彼は自分の死を語る。確かに彼は死んだ。それはわたしもわかっている。けれどこうして彼と会って話していると、死んだとはどうしても思えない自分がいる。

「久しぶりに紗絵に会えてよかったよ」

わたしの表情が曇ったのに気づいて、彼はそう言った。

「雨の日でもさ、紗絵に会えないことのほうが多いし。いつも窓開けて待っててくれるのに、会いに来れなくてごめんな」

「だって、忙しいんでしょ？　なら仕方ないよ」

「これからしばらく大気の状態が不安定になるらしいから、雨はちょくちょく降るよ。そのときに、会いに来れるよう努力するから」

真広は今朝見たテレビのお天気お姉さんと同じことを言った。それがなんだかおかしくて、わたしはくすりと笑った。

「にわか雨とか嵐とか、いろいろあると思うからさ、気をつけろよ」

「……その雨の日に奇跡が起きるの？」

「しまった。これ言っちゃいけないんだった」

まずいといった様子で、真広は口を押さえた。彼がうっかり情報を漏らしてしまうのもいつものことだ。

ごまかすような笑みに、わたしもつられて笑う。そして、ふと思った。

「……そもそも、どうしてわたしにだけ真広のことが見えるんだろう？」

キセキである真広の姿は誰にも見えないはずなのに、なぜかわたしだけは彼の姿を見ることができる。とくにわたしに霊感があるわけでもない。幽霊の類いも見たことなどないけれど、真広の姿ははっきりとこの目に映り、声もまっすぐこの耳に届くのだった。

「それは、おれがキセキになるときに頼んだからだよ」

「頼んだ？」

「おれの姿を、紗絵にだけは見えるようにしてくれって。おれをキセキにした上の偉い人に頼み込んだんだ。キセキの仕事ならいくらでもするから、こき使われても文句言わないから、紗絵にだけはわかるようにしてくれって」

そんな簡単なことなのかといぶかるわたしに、真広は苦笑しながら続けた。

「おかげでこうやって紗絵のそばにいられるようになったけど、そのぶん、仕事もたくさん回されちゃって。これでもおれ、キセキのなかでは優秀なんだ」

わたしはあいまいにうなずきながらも、彼がそんな頼みごとをしてくれていたことをうれしく感じ、ついにやけてしまった。

「おれ、いつも紗絵のこと見てるから。なにかあったら会いに行くから」

そして、それが彼の口癖だった。その言葉に、わたしはわかったと返事をする。彼は耳にたこができそうなくらい、いつも同じことを言っていた。

「じゃあ、また、奇跡が起きるのを待ってて」

その言葉とともに、真広はわたしの額にキスをする。そしてそのまま、彼はその場から姿を消した。まるで水が蒸発するように身体がふわりと溶けて、それは霧のように窓の外に流れていった。

外を見れば、雨はすっかり上がっていた。雲の切れ間から陽の光が差し込んで、グラウンドを明るく照らしている。わたしは消えてしまった真広の余韻を感じたくて、額に触れたであろう唇を思い、手でそこに触れた。

真広は雨が降っているあいだしか、わたしのそばにいてくれない。雨が上がると、彼は雲の上に帰ってしまうのだった。


授業が終わるなり、携帯電話の持ち主である男子生徒が大急ぎで保健室にやってきた。

その顔を見て、わたしはおや、と思った。それは学年で成績トップの、二年生の飯《いい》口《ぐち》だった。自習中も黙々と課題をこなしていそうなイメージのある彼が、まさか騒ぎの張本人だったなんて。

電源を切っていなかったのか、そこで一度携帯電話が震えた。彼はわたしへの礼もそこそこに、奪うように携帯電話を受け取った。真面目な優等生を絵に描いたような黒縁眼鏡が、焦りのあまり鼻までずれている。

「紗絵先生、ほんとにありがとう。壊れなくてよかった」

「そもそも自習中に騒いでいるのがいけないんでしょ。わかってるの？」

廊下を全力疾走したのだろう、肩で息をしながら、彼は携帯電話をいじり始めた。

「ちょっと、校内は携帯電話禁止よ」

「見逃して、紗絵先生」

目にも留まらぬ速さで操作し、彼は食い入るように画面を見つめる。にわかに騒がしくなった保健室の空気を感じて、綾音がベッドのカーテンから顔を出した。

「大事な連絡でも来る予定だったの？」

「大事、大事。オレの青春がかかってるんだから」

ややあってから、彼は突然「よっしゃあ！」と声を上げた。大きな声を出すイメージがなかったので、わたしは内心で驚いた。彼はガッツポーズをしながら、わたしに携帯電話の画面を見せつけてくる。

それはチャット形式のメール画面だった。画面のなかに小さな吹き出しが並んでいて、そこにお互いのやり取りが表示されるようになっている。相手の名前は『ゆり』。画面には女の子らしいかわいい絵文字がたくさんあるのかと思いきや、そこには文字しか並んでいなかった。

『いま、自習中なんだ』

会話の出だしはそう始まっていた。つまり、彼は自習中に携帯電話をいじっていたということだ。

『さっき、教科書貸してくれてありがとう。仙場《せんば》先生、忘れ物には厳しいからさ。そっちはいま数学？　今度またテスト勉強一緒にやろうよ』

文面から見るに、相手は同じ学年の生徒らしい。返信はなく、授業中に隠れて返事を打たないあたり、ゆりは真面目《まじめ》に授業を聞いていたようだ。

『オレ、ゆりちゃんのことが好きです。付き合ってください。このメールに気づいたら、いつでもいいので返事ください』

そこで、彼の送信は途絶えている。携帯電話が降ってきたのはこのあとだ。きっとメールを送っているのをほかの男子生徒に見つかって、からかわれたに違いない。そして盛り上がるままに、携帯電話を窓の外に放り投げてしまったということか。

ついいましがたのバイブレーションは、ゆりからの返信だった。

『こちらこそ、よろしくお願いします』

そっけない文章なのに、末尾にハートがついているだけで、とても愛らしく感じられる。つまりいま、彼の勇気の告白が実ったということだ。

「ゆりちゃんの連絡先、バックアップもなにも取ってなかったからさ、ほんと無事でよかったよ。紗絵先生、オレ、彼女ができました！」

「……それは、おめでとう」

飛び上がらんばかりの勢いで喜ぶ飯口に、わたしは若さをうらやみつつも冷静に返した。

「やばい、なんて返事しよう。夏祭り一緒に行こうっていまから誘ったら早いかな。夏休みが楽しみすぎるよ、先生！」

「その前にテストだってば。ちゃんと勉強はしてるの？」

「やばい、ハートとか照れるし。どうしよう、もう教室に直接会いに行っちゃったほうがいいかな。まじやばい」

わたしの質問にはまったく答える素振りも見せず、飯口はそのまま、でれでれと顔を緩めながら保健室を去っていった。教科書が恋人だった彼の生活が大きく変わることを予想させる、いまにもスキップを踏み出しそうな軽やかな足取りだった。

「……先生、なにかあったの？」

カーテンを開けてベッドのあるスペースから出てきた綾音が、ブレザーのボタンを留めながら聞いてきた。ひと眠りして落ち着いたのか、その顔色はだいぶよくなっていた。

「いまね、小さな奇跡が起きたのよ」

「なにそれ？」

若干寝ぼけ眼《まなこ》のまま、綾音は首を傾げた。まだ頭が回り切らないのか、寝癖のついた髪を手ぐしで整えて、それ以上深く訊《き》いてくることはなかった。

雨上がりに、真広はもうひとつ、奇跡を残していった。自分が起こした小さな奇跡が、新しい奇跡へと生まれ変わる。その一連の流れを、わたしは光栄にも目の前で見ることができたのだった。

こんな小さな奇跡さえも、じつはキセキたちが起こしているだなんて、誰が思うだろう。ましてやそれが、かつて生きていた人たちだということを。

逢田真広は、とうの昔に亡くなっている。真広という存在はもう、この世にはいない。わたしは葬儀で、棺《ひつぎ》のなかに眠る彼を見た。いまにも起き出しそうなほど安らかな表情だったことをよく覚えている。

キセキはわたしたちに小さな祝福を与えてくれる。未来が明るいものになるように、ささやかな幸福の種をまいてくれる。

それにわたしたちは気づかない。けれど、あとからふと思い出す。あのとき、奇跡のような出来事がなかったら、と。

生を失って、なにも残すことができなくなったキセキが、自分が確かにそこにいたことを残す証《あかし》。それをわたしたちの心に刻むために奇跡が起きるのかもしれない、とわたしは思う。

奇跡を探すことは、わたしのひそかな楽しみになっていた。

○

「……美上先生、ちょっといい？」

次の授業時間に保健室を訪れたのは、生徒ではなかった。

「仙場先生、サボりですか？」

「違うって。ちょっと相談があってさ」

綾音も授業に戻り、自習があった教室も通常の授業に戻った。雨が上がり、ようやく静けさを取り戻したと思っていたのに。

彼はほかの生徒がいないことを確認してから保健室に入ってきた。

「胃薬ならありませんよ。飲み薬は自分で常備しておいてくださいね」

「冷たいな、美上先生」

そう苦笑する彼は、わたしと同い年だ。仙場先生、あるいは悠介《ゆうすけ》先生と呼ばれている。彼もまた、この町で小中学時代をともに過ごしたわたしの幼なじみだった。高校から別々になってしまったけれど、いまは地元に戻ってきて数学教師として働いている。わたしとは違い在学中に教員採用試験に合格した彼は、同い年だというのにもう担任まで持っていた。

きっちりネクタイを締めたスーツ姿と、短く切った髪が彼の精悍《せいかん》な顔立ちを引き立てていて、女子生徒に人気があるのもうなずけた。サッカー部の顧問であり、部活のときには「ゆーすけ先生！」と黄色い歓声が上がっているらしい。真広と一緒のサッカー少年団に入っていて、中高もずっとサッカー部だった彼は、指導者という立場からも部員の信頼が厚かった。

「誰か寝てる？　なら出直すけど」

「大丈夫。わたしもいま職員室に戻ろうとしてたところだから」

保健室で休んでいる生徒がいないときは、休み時間以外、わたしはなるべく職員室にいるようにしていた。それはほかの教師たちとコミュニケーションを取るためでもあるし、校内の情報収集をするためでもあった。教員採用試験についてアドバイスをくれる教師もいるし、職員室にいることでとりたてて損になることはないのだけれど、逆に悠介は職員室にいるのが苦手なようだった。

確かに担任を持っている以上、それに伴うわずらわしいこともあるのだろうし、校長先生からいろんなことを言われて胃をキリキリさせているのも知っている。そんな姿を生徒に見せたりしないぶん、気が置けない仕事仲間に愚痴を漏らして発散しているようだった。

「落ちてきた携帯電話を受け止めたんだって？」

「もう悠介の耳に入ってるの？」

彼の情報収集力には、いつも驚かされる。生徒たちとよく交流しているから、噂話《うわさ》も彼の耳にはすぐに届くのだ。「野球部の先生が褒めてたよ」と言われても、わたしはそれに苦笑するしかない。

本当は真広のおかげだ。けれど、悠介はそれを知らない。

「定期考査前だっていうのに、自習中に騒いでるだなんて気が抜けてるよな。さっきも生徒たちのトイレで煙草のにおいがしたとかで、学年主任の先生が動いてたし。テストが終われば夏休みだからって、生徒たちも授業に身が入ってない」

確かにわたしたちも、学生のときは夏休み前になると気が緩みがちだった。いつになっても生徒たちは似たような問題を起こすのだなとしみじみ思う。喫煙がばれて停学処分をくらう生徒も、やっぱりどこの学校にもいるのだった。

わたしはひとまず悠介を保健室から追い出すと、小窓に『職員室にいます』の札をかけ、鍵を閉めた。そして事務処理用の書類を手に、授業が始まってしんと静まり返っている廊下を進んだ。

「で、相談ってなに？　愚痴なら仕事が終わったあとに聞くけど」

「村中のことだよ。また保健室で休んでただろ」

綾音は悠介のクラスの生徒だった。授業を休んだといった情報は、必ず担任のもとに行く。彼女が休んだ授業の教師から聞いていたのだろう、わたしが彼に報告する前に事情を聴きに来るフットワークの軽さはさすがだった。

「村中、しょっちゅう保健室に行ってるだろ。サボりだとは思ってないけど、担任として、原因とかちゃんと知っといたほうがいいと思ってさ」

「最近、雨が多いからね」

「雨？」

意味がわからないといった表情で、悠介は職員室の扉を開けた。授業がない先生たちは、それぞれの席で授業の準備やら集めたノートのチェックやらをしている。喫煙問題のあった学年主任は、なにやら難しい顔をしながらコーヒーを飲んでいた。

「藤《ふじ》先生、どうでした？」

悠介が尋ねると、学年主任の藤先生は体育教師らしいたくましい首を横に振った。煙草のにおいがしたのは一年生のトイレらしく、自分のクラスの生徒が関わっているかもしれないと、悠介も気にしていた。

返事代わりに藤先生に向かって会釈すると、悠介はこちらに向き直った。

「……で、雨がなんだって？」

そして自分の席に着くと、悠介は授業で不在の隣の先生の席に座るよううながした。子供が生まれたばかりのこの席の主は、机の上に敷かれたビニールマットのあいだにこれでもかというくらい子供の写真を挟んでいる。授業中のいまも、生徒相手に親ばか話をしているに違いない。

「雨が降ったり、気圧に変化があったりすると頭が痛くなったりするの。典型的な偏頭痛よ。悠介はあまりないみたいだけど、肩こりとか寝不足とかでも偏頭痛が出る人も多いからね。テスト前とか、勉強を頑張りすぎた生徒がよく来るわよ」

「さすが、保健の先生」

「こんなの、知ってる人は知ってるわよ」

藤先生も難しい顔をしたまま、わたしの話を聞いてうんうんとうなずいている。藤先生の奥さんも頭痛持ちだと、前に聞いたことがある。

「綾音の場合、サボりではないと思うから、そこは安心して」

「そっか……」

藤先生がおかわりついでにわたしたちの分もコーヒーを淹《い》れてくれた。悠介が慌てて礼を言う。わたしも深々と頭を下げた。

「でも、村中の場合はちょっと注意が必要だよな。僕も気にはしてるんだ」

そう、藤先生がぽつりと漏らす。藤先生は普段は寡黙だけれど、お腹の底から出ているような野太い声は、体育の授業の際にとてもよく響く。顧問である女子バレー部の部活中は、先生の怒鳴り声が体育館中に響き渡っているが、授業や部活がないときは案外おとなしい人だった。

「ちなみに僕は、村中に体育の授業を休まれると悲しい」

生徒に関するあれこれは、担任だけではなく、学年団で動くこともある。藤先生は一年生の学年主任だった。

村中綾音という生徒は、おそらく昔からなにかと教師たちに気にかけられてきたのだろうとわたしは思う。なぜなら彼女の家庭環境は少し複雑なところがあるからだ。幼いころに両親が離婚し、親権は父親にあったため、小学校の半ばまでは父親と祖母と三人暮らしだった。その後、祖母が他界してからは父と子の父子家庭で、綾音が家のことをやっていたのだそうだ。そして中学校に入学したころに父が再婚、新しい母親ができた。

中学校からの生徒の調査票を読む限り、綾音はとくに問題がある生徒ではない。成績も中の上といったところで、部活動にも熱心に取り組んでいる。

「村中のことは僕も気にかけているから、なにかあったら教えてほしい。相談にならいくらでも乗るから」

「ありがとうございます」

わたしと悠介はそろって藤先生に頭を下げた。そしてせっかくだからと、ほかの生徒たちの話もした。小さな町の小さな高校だから、生徒の数も各学年ふたクラスずつしかない。だからこそ、生徒一人一人に目を行き渡らせることができた。

「喫煙問題はやっぱり厄介だな。夏祭りの見回りもしっかりやったほうがいいかもしれない」

「そっか。夏祭りは見回りがあるんでしたっけ」

「美上先生は見回り初めてだっけ？」

「前の学校では、わたしは担当じゃなかったんです。ＰＴＡが積極的に動いてくれるところだったので」

夏休みといっても、教師に休みはない。藤先生はバレー部の顧問で大忙しだし、悠介には夏期講習が待ち構えている。もちろんわたしだって、部活動が活発になるのに従ってけがをする生徒たちの対応に追われるだろう。手当て以外にも、病院にかかったときの医療費を学校で負担する事務処理などもある。健康診断票の記入も夏休みのあいだに片づけないといけない。なにより、わたしには採用試験の二次試験があった。

「まあいろんな生徒がいるから、なんのトラブルもない夏休みっていうのはないだろうけどさ。みんなで頑張っていきましょうか。その前に定期考査だけども」

そう言いながら、藤先生は窓から外を見やる。日に日に日差しが強くなってきて、緑の濃さに夏を感じる。蝉《せみ》の声も少しずつ聞こえるようになってきた。

「夏休みといったら甲子園だね」

ふいに藤先生がそんなことを口にした。

「うちは今年も予選敗退でしたね。でも、生徒たちもよく頑張りましたよ」

悠介がそれに合わせる。ほかの部の顧問をしていても、高校野球はやっぱり気になるらしい。

「噂のホームラン、僕たちも見たかったたな。美上先生は実際に見たんですよね？」

「はい、あれはすごかったです」

遠征の引率で同行した、甲子園の地方予選。

うちの高校の野球部は正直強くはなく、試合の応援にもあまり熱は入っていなかった。点を取られるばかりの一方的な展開に、応援していた部員たちもみな諦めムードだった。

そして五回。早くもコールド負けの危機にさらされ、試合会場は重い空気に包まれていた。塁にランナーはなく、ツーアウト。野球に詳しくないわたしにも、危ない状態だということはわかった。

野球部員たちの表情にも、諦めの色が浮かんでいた。それでも、彼らは最後まで頑張ろうとしていた。だから、わたしたちは最後まで懸命に声援を送っていた。

そんなときだ、風が吹いたのは。

生徒の打った球が、大きな軌道を描いて空に上がった。観客たちの視線の先で、白球は風に乗ったままフェンスを越えた。

それは奇跡のホームランだった。

残念ながら点が取れたのはそれだけで、その後、試合にはあっさりと負けてしまった。だが、あのホームランはわたしたちの心にしっかりと刻み込まれている。ホームランを打った生徒は、ほんの少しのあいだだったけれど、英雄だった。

わたしはそれに、キセキの存在を確かに感じていた。

あれはただの偶然ではなかった。試合後、自信をつけた野球部員たちは、いままで以上に練習に精を出している。あのホームランは偶然じゃなかったと、もう一度打ってみたいと、そして試合に勝ってみたいと、頑張っている。

生徒たちの希望に満ちた瞳を見ていると、キセキが手助けしてくれたと思わずにいられない。きっとこの先、キセキのまいた種が大きな奇跡となって彼らのもとに戻ってくるに違いない。

「甲子園が始まるころには、もう夏祭りですね。今年もビールは飲めないんだろうな」

悠介がそんなことを漏らす。見回りはビールなんて飲んでいる場合ではない。むしろ生徒が飲んでいないかどうか、目を光らせないといけないのだった。

「夏祭りかぁ……」

わたしの口からも思わず、そんなつぶやきが漏れる。

夏祭りは、真広が死んだ日だった。

○

公務員とはいえ、高校の教師が帰宅する時間は、定時きっかりなんてことはまずありえない。翌日の授業の準備や事務処理をする教師もいるし、なにより部活の顧問をしている教師は帰る時間がとても遅い。サッカー部を受け持っている悠介は今日も遅くまで残るようだが、わたしは受け持っている部活がないので早々と学校をあとにした。

わたしの生まれ育った町は、中心に大きな川が流れている。ほんの数年地元から離れていたあいだに、郊外に大きなショッピングセンターが建ち商店街は寂れてしまったけれど、この川の周囲の風景は何年たっても姿を変えていなかった。ジョギングや自転車通勤をしている人たちと一緒に、わたしは毎朝川沿いの道を歩いて通勤していた。

この大きな川には、川べりに砂利が敷き詰められた広い河川敷が整備されている。大雨が降ったときの増水対策なのだけれど、普段は子供たちのよき遊び場にもなっている。たまに釣りをしている人も見かけるが、水はそれほど澄んではおらず、魚が釣れるのかどうかは怪しい。子供たちも、川に入って遊ぶより土手すべりをして遊ぶことのほうが多いようだ。河川敷は夏祭りの会場になるほど広く、町民たちに親しまれる憩いの場になっていた。

川は両岸を道路に挟まれるかたちで流れていて、わたしがいつも歩く道は、車がぎりぎりすれ違える程度の幅しかない細い町道だった。ちょうど通り道に神社があるため、川と鎮守の森に挟まれるかたちになって、歩くと緑の香りがしてすがすがしい。向こう岸はこの町の大動脈である国道が走っていて、自動車がひっきりなしに行き交っていた。

そしてわたしはいつも仕事が終わると、鎮守の森の近くにぽつんと建つ『リトル・グリーン』という喫茶店に寄り道をするのだった。

「おまたせしました、ブレンドです」

「ありがとう、マスター」

マスターの淹れるコーヒーはほかのどの店よりもおいしくて、わたしはいつもコーヒーとなにかしらの軽食を頼む。そしてそこで、教員採用試験の勉強をしている。地元を離れる前からよくこの喫茶店を利用していたので、マスターもわたしが地元に帰ってきたと知ったときはとても喜んでくれた。

このお店のマスターは、銀縁眼鏡の奥の瞳を細めて、いつもにこにこと笑っている人だった。一見三十代半ばと若く見えるけれど、わたしが子供のころにはすでにここにお店を構えていたのだから、実際はもっといっているはずだ。この町に戻って久しぶりにお店に顔を出したとき、マスターの変わらない姿に驚かされたのを思い出す。

「いつも頑張ってて偉いね」

「もうすぐ二次試験ですから。家にいるとなかなかはかどらないし、ここは静かだから集中しやすくて」

「まあ、お客もあまり来ないしね」

「そういう意味で言ったわけじゃ……」

わたしが慌てて言葉を足すと、マスターは「わかってるよ」と笑った。いつも客が少ないこのお店は、なぜこれで潰れないのかと不思議に思ってしまうけれど、マスターの淹れるコーヒーに心奪われた人たちが常連客となり店を支えているらしい。

赤レンガの壁がレトロな店構えのリトル・グリーンは、店内も古きよき雰囲気を漂わせている。川の流れを眺めながらコーヒーが飲めるようにと窓が大きく作られていて、そこに二人がけのテーブル席が三つ置かれている。それに、マスターがコーヒーを淹れる姿が見られるカウンターが四席と、席数は決して多くない。壁に取りつけられた、百合の花のようにかわいらしく咲いたランプも、本物の蓄音機から流れるジャズも、振り子を揺らしながら時を刻む壁時計も、あらゆるものにマスターの趣向がこらされている。こんな辺鄙《へんぴ》なところでなければもっとお客が入るのではと思うが、コーヒーの味の決め手は鎮守の森から湧き出る水で淹れていることにあるのだった。

「これ、サービスね」

「ありがとうございます」

コーヒーのお供にプリンを出され、わたしは思わず笑顔になった。陶器のカップに入れて蒸されたプリンの上に、ひと絞りのホイップクリームと彩りのミントが添えられている。その小さな芸術に頬が緩んで、わたしは慌ててひとつ咳払《せきばら》いをした。

「美上先生、子供みたい」

わたしとマスターのやり取りを見ていた綾音が、胸に銀のトレイを抱えながらくすくすと笑った。彼女は放課後にここでアルバイトをしているのだった。

「今日は休むんじゃなかったの、綾音」

「ごめん、紗絵先生。見逃して」

保健室の顔面蒼白《そうはく》な姿はどこへやら。彼女はわたしの忠告も聞かず、休みを取らなかったようだ。顔色はもうすっかりよくなっているし、偏頭痛も治まってしまえばなにごともなかったように働ける。元気よく働いているその姿を見ていると、わたしもきつくは言えなかった。

この店の制服は、昔ながらの白いシャツと黒いベストだった。女性も男性と同じくパンツスタイルなので動きやすい。マスターが制服を着ているとなぜか執事のように見えて、綾音が「執事喫茶でアルバイトしてるみたい」と言っていたことがあった。

　高校は基本的に文武両道を掲げている。だから生徒は部活動に入るように口うるさく言われていた。綾音は文芸部に所属していて、ちゃんと部活動もこなすかたわら、こうやってアルバイトにも精を出して社会勉強をしている。この喫茶店は生徒たちのたまり場にならないよう「学生の勉強目的での長居禁止」にしているので、学校の近くだというのに生徒に会うことはほとんどない。

「体調はどうなの？　無理はしてない？」

「もう大丈夫です。絶好調です」

　保健室では決して見ることができないその晴れやかな笑みに、わたしは内心ほっとした。頭痛を訴えるときの彼女はいつも血の気がなく倒れそうだけれど、こうやってアルバイトをしているときはとても快活だ。悠介も藤先生も心配していたけれど、この笑顔を見ていたら大丈夫だと思えるに違いない。

「紗絵先生、もうすぐ注文のナポリタンができるから、ちょっと休憩しませんか？」

　カウンターの向こうから漂ってくるトマトケチャップの焦げる芳《かん》ばしい香り。それをかぎ分けて、綾音がテーブルの上に広げた勉強道具を指差す。

「いまやってる勉強って二次試験のでしょ？　小論文とか、ごはん食べながらだと難しいじゃない」

「……綾音、ほんと人間観察好きよね。さすがだわ」

「だって教員採用試験についていろいろ教えてくれたのは紗絵先生じゃない」

わたしが受ける教員採用試験には、一次試験と二次試験がある。一次試験は筆記のみで、二次試験になると実技や面談、小論文などがある。わたしは以前に一次試験には合格しているので、一次は免除になっている。そのため、二次試験にだけ力を入れればよかった。

正直、二次試験の最大の難関は面接だと思う。面接官と相性が悪ければ受かるものも受からない。こうやって事前に対策はするけれど、二次試験当日にならないとわからないものだってある。

マスターに呼ばれて戻った綾音が、できたてのナポリタンを運んでくる。そして彼女はさも当然のように向かいの席に座ると、言った。

「ついでにあたしも休憩しようっと」

雑談に花が咲いていても、決して店の雰囲気を崩さないよう声は小さくして話す。これが鉄則だった。マスターは店の照明を艶やかに映す銀のドリップポットを片手に、注文のあったオリジナルブレンドを淹れ始める。真剣な眼差しでコーヒーを淹れるその姿をうっとりと見つめながら、綾音はふいに話を切り出した。

「紗絵先生はなんで、養護教諭になろうと思ったの？」

突然の真面目な質問に、フォークに巻きつけていたパスタがぽろぽろとこぼれた。パスタの隙間から湯気が上がる。

そういえば、進路希望調査があったばかりだ。一年生のころはまだはっきりと決まっていなくて当然だが、目標がある子はもうそれぞれ動き始めている。

「子供のころからずっと先生になりたいと思ってた？　なんで保健室の先生になりたいと思ったの？　ほかの教科の先生じゃだめだったの？」

矢継ぎ早に飛んでくる質問に、綾音の真剣さがうかがえる。わたしはナポリタンを咀嚼《そしゃく》しながらなんと答えるか考えた。確かに生徒にとって、将来のことを身近に相談できる相手は教師かもしれない。わたしだって学生時代はそうだった。

「昔はお医者さんになりたかったけど、医学部に行ける頭はないってわかったからすぐに諦めたわ」

店の奥で、マスターが小さく噴き出したのが聞こえた。

「看護師になることも考えたけど、なんか違うかなぁって思って」

フォークをぐるぐる回しながら考えるわたしの前で、綾音がマスターからコーヒーを受け取る。彼女はいつも、これでもかというくらいたっぷりの砂糖とミルクを入れて飲む。それでもいちいち苦そうに顔をゆがめるので最初から砂糖もミルクも入っているカフェオレを勧めるのだけれど、なぜかそれは決して頼もうとしないのだった。

さて、どう話したものか。ナポリタンは熱いうちに食べたい。自分でもなんと言ったらいいのか、採用試験の面接とは違う妙な緊張感があった。

「……わたしも小学校のころ、保健室の先生によくお世話になってたのよ」

とりあえずこう言うのがいちばん無難かなと、わたしは面接のときを思い出しながら口を開いた。

「天気が悪いと頭が痛くなったり体調が悪くなったりして、よく保健室に行ってたの。その保健室の先生がまたみんなの人気者でね、せんせー、せんせー、ってまとわりついてるうちに、先生に憧れるようになったというか」

「だから紗絵先生、あたしの体調が悪いときの対処法とか詳しかったの？」

「自分がしてもらったことを、いつか誰かに返してあげたいって思うものじゃない？　それで、保健室の先生になりたいって思ったんだよね。でも、もっと早くに教員採用試験の現実がわかってたら、違う道にしてたかもとはちょっと思う」

養護教諭は、ほかの教科に比べて倍率が非常に高い。保健室の先生は基本的に学校に一人しかいないのだから、当たり前だといえば当たり前かもしれない。それに加えて学校の教師たちは妊娠、出産などの場合も産休、育休後に戻って働くことが多く、退職の道を取る人は少ない。試験に落ちるたび、なぜこんな道を選んだのかと自分を呪ったことがある。それでもやっぱり、合格を目指して頑張ってしまうのだった。

「紗絵先生が同じ道を目指したいって思うくらい、いい先生だったんだね」

それに対して、わたしはなにも言わなかった。綾音の純粋な瞳がまぶしくて、たまらず目線を逸らした。

「……参考になりそう？」

「安定した公務員になりたいから教師を目指した、って言われたらどうしようかと思った」

苦々しげにコーヒーを飲みながら、綾音は言う。

「紗絵先生も、保育園のときの先生が好きだったから保育士になりたいって言ってた友達と一緒なんだね。みんなやっぱりそういうものなのかな？」

「人それぞれだとは思うけどね。お菓子作りが好きだからパティシエになりたいっていう子もいれば、仕事にすると大変そうだから趣味でいいっていう子もいるし。車が好きな子にも、整備士になりたいって子もいれば、車の製造会社に入る子やバスの運転手を目指す子もいる。逆にどうしたらいいかわからなくて、親や先生にアドバイスされて進路を決める子もいるし。綾音はまだ一年生だから焦らなくてもいいと思うけど、いざというとき困らないよう、勉強だけはちゃんとやっといたほうがいいわよ」

自戒の意味を込めているのは内緒だ。わたしが大学進学を決めたとき、それはそれは勉強で苦労したのだった。町にひとつしかない高校に入るのに、さほど勉強は必要なかった。だからこの高校の生徒は受験戦争というものを知らない。いざ大学受験を目の前にして、なぜ中学校のときにもっと勉強していなかったのかと自分を責めたほどだ。

「仙場先生とか藤先生とか、ほかの先生に話聞いてみるのもいいと思うよ。ただ、みんな先生だから、どうやって教師になったかの話になっちゃうとは思うけどね」

「マスターはどうして喫茶店を始めようと思ったんですか?」

ちゃっかり自分の分のコーヒーを淹れていたマスターに、綾音が訊く。突然話を振られ、彼も驚いたようだ。けれどわたしたちの会話を聞いていたからか、返事が来るのにそう時間はかからなかった。

「そうだね、コーヒーが好きだから、かな」

わかりやすい答えに、わたしと綾音は顔を見合わせて笑った。

「やっぱりみんな、自分の好きなことを仕事にできたらいいなって思うんですね」

しみじみと綾音がつぶやく。わたしはナポリタンを食べながら聞いた。

「綾音はいまのところ、どうしたいと思ってるの?」

「いちおう、進学したいとは思ってるけど、それからどうしたいかはまだ決まってないです。あたしが本当にやりたいことを仕事にするのは難しいし」

最後のひと口を飲み干して、綾音はカップをソーサーに置いた。そして突然「あっ！」と声を上げたかと思うと、席を立って店の奥に消えてしまった。

なんだろうと思いつつ、わたしはナポリタンを食べ進めた。教師として生徒の役に立てただろうか、そんなことを考えていると、綾音が胸になにかを抱えて戻ってきた。

「そうそう、先生、続きできたの！　言おうと思って、忘れてた」

テーブルの上に置かれたのは、端がすり切れるほど使い込まれたノートだった。

「できたの？　けっこう進んだ？」

「少しだけ。でも、切りのいいところまでいったから、読んでもらおうと思って」

綾音は、文芸部で小説を書いている。部活動では年に一回部誌を作ると決まっているのでそれ用にいくつか短編を書いているが、いまわたしの前に差し出されたノートは部活動とは関係ないものだった。

それは、彼女が長年書き続けている長編の物語だった。

ノート何冊にも及ぶ、大長編の作品。それをわたしはちょくちょく読ませてもらっていた。幼いころに書いたものは下手だからと見せてくれないので、途中から読み出したのだけれど、いまではすっかり続きが楽しみになっている。文章が上手とか下手とか、そういうのはわたしにはわからない。ただ、部誌に載せるために書いた作品とは違って、綾音自身が楽しんで書いていることが伝わってきて、その話にわたしはなぜか引き込まれていた。

「いまってどれくらいの時期を書いてるの？」

「ちょうどあたしと同じくらい。女学校に通っていて、帰りに毎日寄り道するんです」

その作品の舞台は、戦前。明治なのか大正なのかは、書いている綾音自身もわかっていない。綾音が思いつくままに書いている話なので、本人もそこははっきりと決めないで書きつづっているらしい。決めようと思えば決めることができるけれど、自分のために書いている作品なので、いまは自分の思うままに書くというのが綾音のスタンスだった。

それは、ある少女の成長記だった。とくに大きな事件が起こるわけではなく、日記のように、少女の毎日が細かく記されている。

いまのような自由恋愛ではなく、結婚は親が決めた相手とする。そういう時代だったことは知っていた。けれどわたしたちが知らないような当時の細かな日常生活までが、その作品には書かれていた。綾音になぜそんなことを知っているのかと聞いても、彼女は「頭に浮かんでくるのをそのまま書いてるだけ」と言うだけだった。

女学校に通う『私』の名前は、この作品のなかに一度も出てくることがない。これも綾音はとくに決める必要はないと言って、主人公に名前がないまま書き続けていた。

女学校に通っているということは、『私』はそれなりの家柄のお嬢様なのだろう。

けれどお嬢様らしからぬおてんば娘な『私』は、毎日親に内緒で喫茶店に珈琲《コーヒー》を飲みに行く。珈琲は苦くてとてもおいしいといえるものではないけれど、『私』は喫茶店にいる想い人に会いたくて通っていた。

「わたしね、この前読んだ、『私』が初めて彼と二人きりで話す場面がすごく好き。たまたま喫茶店で二人きりになって、緊張しながら商店街の福引の話をするところ、読んでるこっちまで緊張しちゃった」

商店街の福引の景品で、『私』はどうしても欲しいものがあった。だから『私』はお小遣いをやりくりしてこつこつと福引の券を集めていた。けれどあと一枚というところで、お小遣いがなくなってしまう。喫茶店で飲む珈琲を我慢すれば引けるけれど、我慢したら想い人には会えない。恋心を優先させながらも景品のことが忘れられなくて悶々《もんもん》としていた『私』に、彼が突然福引の券をくれたのだった。

「彼がさ、自分は引かないからって福引の券をくれるじゃない。『私』が集めてることなんて知らなくて、ただ偶然くれただけなんだろうけど、優しいよね」

券をもらって大喜びする『私』に、彼は「絶対当たるよ」と言って福引に送り出してくれる。そして『私』は本当に、欲しかった万年筆を福引で当てた。

物語のなかで小さな『奇跡』が起きている。奇跡を意識しているのは、きっとわたしだけ。綾音はなにも気づかぬまま、それを書いていた。福引の券を偶然手に入れる奇跡、そしてそれがあったからこそ引けた福引で万年筆が当たる奇跡。そしてその出来事で、二人の仲に変化が起きた。

その奇跡にキセキが関わっているのかまでは読み取れなかったが、名もなき物語のなかに登場するほど、奇跡とは身近にあるものだった。

「あの福引で二人の距離が縮まったよね。それからもう、続きが楽しみで楽しみで」

よくある恋愛小説といえばそれまでだった。けれどその小説はなぜかわたしを夢中にさせた。彼女が授業中にこっそりとノートを出して書いているのを知っていながら、注意できないでいる。きっと悠介は、授業中に綾音が小説を書いているだなんて、気づいていないだろう。

「あのシーンから万年筆がちょくちょく出てくるようになるけど、綾音も実際に万年筆を持ってたりするの？」

物語のなかに出てくる万年筆は、そのペン軸に薔薇《ばら》の模様が彫られていることまで、細かく描写されていた。そんな万年筆が、ただ頭のなかに浮かんだからという理由で登場するとは思えない。赤銅色で、握ると手のひらにすっとなじむと描写されていた万年筆は、文字の世界から妙にリアルに浮き立っていた。

「持ってたんだけど、なくしちゃったんです。だからこの話のなかで登場させようと思って。あたしが子供のころにフリマで買ったものなんですけど、実際は錆《さび》だらけでほとんどインクなんて出なかったんですよ。でも、気になって買っちゃったんです」

「そうなんだ。なんか、昔の小説家って、原稿用紙に万年筆で書いてるイメージがあったからさ。綾音もそうだったらかっこいいなぁって思って」

「あたしが小説を書き始めたのは、その万年筆を買ったからなんです。昔の文豪に憧れて」

そう言って、綾音は照れ臭そうに笑った。

「できることなら小説家になれたらいいけど。さすがに進路希望調査表にそんなこと書けないでしょう？」

綾音の将来の夢を知っているのは、ごく一部の人だけなのだという。文芸部に入っているから、小説を書いていることは知られている。けれど彼女が真剣にプロを目指していると思っている人はそういないだろう。将来の夢はお花屋さん、と子供が言うような、ほんの一時の夢だとしか思われないのを知っているから、綾音は本当の気持ちを自分が信頼できる人にしか話さない。わたしがその一人に選ばれたのは、保健室とこの喫茶店でよく顔を合わせているからだろう。

「小説家になれるのなんて、本当にひと握りの人だけだもの。それこそ奇跡でも起きないと、新人賞なんて獲れないし」

綾音のその言葉に、わたしは自身のこめかみがぴくりと動いたのを感じた。彼女はなにげなく言ったのだろう。けれどキセキを知っているわたしには、真広がそういった類いの事柄には決して手を出さないことがわかっていた。

そうじゃなければ、わたしはもうとっくに教員採用試験に受かっているはずだ。綾音やわたしが起きてほしいと望む奇跡は、キセキが起こすものではない。わたしたちが自分の力で生み出している奇跡だ。自分たちの力で切り開いたからこそ開けた未来を、ただ奇跡と勘違いしているだけ。その正体は、努力だ。

「わたしは綾音の夢、応援するよ」

「ありがとう。でもあたし、ちゃんと安定した仕事につきたいと思ってるから。夢ばっかり追いかけてフリーターになるなんて考えてないから、安心してください」

わたしが綾音の夢を安心して応援できる理由。それは、彼女が自分のこれからのことをしっかりと考えているから。自分が目指す道の険しさを知っているからこそ、その夢と両立できる道を選ぼうとしていた。

「でもいまはまだ自分の好きなように小説を書きます。受験とか進学とかで忙しくなる前に、自分がやりたいことをめいっぱい楽しんでおきたくて。部誌に載せる短編の構想もいま練ってる最中なの」

綾音がしっかり者なのは、家庭環境が関係しているのかもしれない。いま自分がなにをするべきか、それをよく考えている。こちらが驚くほど大人びた考えをするところもあって、ほかの教師たちは感心していたけれど、わたしは彼女の秘密を少しだけ知っていた。

「部誌の短編も、これくらいの時代の話を書きたいなと思ってて。決して結ばれることのない男女の切ない恋愛が書きたいんです。主人公の女の子が、彼に会いたくて会いたくて、自分の家に火をつけて助けに来てもらうのを待つ、みたいな。ちょっとどろどろした話が書きたいの」

「でもそれって、八百屋《やおや》お七《しち》みたいじゃない？」

「もちろん、八百屋お七のあたしなりのアレンジですもん。でも、恋をする女の子は誰でもそういう気持ちがあっておかしくないじゃないですか？　愛する人に会いたいがために放火をするお七の気持ち、あたしにはよくわかります」

わたしより年下なのに、綾音はなんでも知り尽くしたような発言をすることがある。けれどそれも、綾音の物語を読んでいると少しずつ見えてくるものがあった。綾音の物語を初めて読んだとき、彼女がここでアルバイトを始めた理由がすぐにわかった。

彼女の物語に出てくる想い人と、マスターがそっくりなのだ。

「アルバイトを頑張ると話が浮かぶんです。だからあたし、夏休みはばりばりシフト入れる予定なんですよ」

「いちおう、課題もちゃんとやるようにね」

物語を読んでいるからこそよくわかる、綾音のこと。彼女がアルバイトをすることをまったく嫌がらないのは、だからこそだ。偏頭痛の発作が起きて休むよう言われても、決して休みを取らないほど、彼女は熱心にこの喫茶店で働いていた。

「綾音ちゃん、そろそろ戻っておいで。先生の勉強の邪魔になっちゃうから」

「はい、いま行きます」

マスターに呼ばれて、席を立つ綾音。呼ばれて返事をする頬が、かすかに赤らんでいるのは、わたしの見間違いではない。

綾音はマスターに恋をしている。

二　万年筆の奇跡

土曜日は、生徒たちは基本的に休みとされている。けれど部活動のある生徒は学校に来るし、顧問の教師もそれに合わせて出勤する。部活のない教師だって、平日にできなかった仕事を片づけるために出勤している。実際自分がその立場になって初めて、教師とは生徒が知らない仕事が多いんだなと思い知らされるのだった。

臨時採用とはいえ、養護教諭は学校に一人しかいない。自分の受け持つ仕事は正採用となんら変わらない。わたしもほかの先生たちの例にならって、土曜日も学校で仕事をしていた。

とはいえ、なにも朝から夕方までびっしりいる必要はない。平日と違って、服もメイクも適当だ。その日もわたしは昼ごろには仕事を切り上げて、職員室で雑談をする教師たちに挨拶をしてから校舎を出た。

先日、南米で岩盤が崩れ落ち、そこで働いていた人々が閉じ込められる事故が発生した。テレビでは連日その報道が流れていて、みな、続報を気にしていた。救助の行方が気になって、わたしも携帯電話でニュースをまめにチェックしていた。

グラウンドでは、サッカー部の生徒たちがかけ声を交わしながら縦横無尽に駆け回っていた。悠介もきっとグラウンドにいるに違いない。あえて顔を出さずに、わたしははやばやと校門をくぐり、帰り道を進んだ。

夏祭りの綿あめのような入道雲が浮かんでいて、ああ、夏だなと思う。毎日があっという間に過ぎていく生徒たちは、きっとこの空の変化になんて気づいていないだろう。

早朝と夜の川沿いの道はとても静かだけれど、太陽が高いうちは制服やジャージを着た生徒たちとすれ違う。これから講習で登校してきた生徒、部活を終えた生徒。わたしに気づくと礼儀正しく挨拶をしてくれるところがかわいくて、わたしは背筋を伸ばしていつもの道を歩く。

川の向こうの国道は車が絶えず走っているというのに、この道は本当に静かだ。さらさらと流れる川の水面を見つめていると、ふと、風に遊ばれる鎮守の森の音が聞こえてくる。気づけば神社の鳥居が見えていて、いつもなら立ち止まることもなく通りすぎるところだったが、なぜかその日は自然とそちらに足が向いていた。リトル・グリーンよりも神社のほうが、高校からは近いのだ。

簡素な造りの町道の脇に建てられた、色を塗られていない道路と同じ色の鳥居。それをくぐれば、年季が入ってあちこち劣化した石段が続いている。鉄パイプでできた手すりも雨風によってだいぶ腐食してしまっている。見るからに危ないそれを修理する予定はまだないらしい。

手すりに軽くさわりながら石段を登れば、森の木々が風に揺られてざわめきながらわたしを歓迎してくれる。上れば上るほど汗がにじむ。石段のてっぺんまで行くと、またひとつの鳥居をくぐることになる。幼いころから初詣や秋祭りで通ったこの神社。ちょうど夏祭りの会場を見下ろせる位置にあるので、花火のときはこの石段を客席代わりに人が集まるのだけれど、それはたいてい仲のよさそうなカップルだった。

参道の真ん中は神様の通り道だから、端を歩かなくてはいけない。鳥居をくぐる前に、必ず神社に向かって一拝する。境内に入ったらまず手水舎《ちょうずや》で手と口を清める。参拝の細かなルールを、わたしは幼いころに教えてもらっていた。

誰もいない境内は静かで、風の音とともに木々が葉を鳴らす涼しげな音が聞こえてくる。この神社にいったいなんの神様が祭られているのか、じつは知らない。けれど、神社に来たら願い事をするものだ。拝殿に向かい、お賽銭《さいせん》を入れる。鈴を鳴らして、二拝二拍手一拝。初詣でもないのに参拝をするのがなんだか不思議だった。

願い事は決まっている。教員採用試験の合格祈願だ。

困ったときの神頼みなんて都合がいいけれど、どんなに勉強しても本番では運が必要になる。誰もいないのをいいことに念入りにお願いをして、また一拝をする。さあ、帰って勉強をしなければと思いながら顔を上げた瞬間、境内の空気が一瞬にして冷たくなった。

ついさっきまで青空だったはずなのに、分厚い雲が空を覆っていた。そして、あれよあれよという間に雨が降ってきた。にわか雨の粒は大きくて、バケツをひっくり返したようなその雨に、わたしは庇《ひさし》の下に立ち尽くしていた。

せっかく願い事をしに来たというのに、突然の雨。試験がうまくいかないような気がしてきて、わたしはため息をつきながら雨が弱まるのを待った。

「――こんなところでなにやってるんだよ」

「真広」

なんの予告もなく真広が現れて、わたしは小さく飛び上がった。

「なんだよ、幽霊でも見たような顔して」

賽銭箱の陰に座り込むようにして、彼はわたしを見上げていた。なんて神出鬼没なのだろう。心臓に悪すぎる。胸に手を当てて息をつくわたしに、彼が不満そうな表情を浮かべた。

「言っとくけど、今日は紗絵に会いに来たわけじゃないからな」

唇をとがらせながら彼はそう言った。賽銭箱の陰に隠れて、ヤンキー座りをする金髪の青年。神主さんが見たらいったいなんて言うだろう。

「神社にお願いしに来る人の願い事を叶えてあげるとか？」

「まさか。そんなことできたらおれ神様じゃん」

自嘲気味に笑って、彼は立ち上がった。こうして並んで立ってみると、真広もずいぶん背が高い。

今日の真広はピリピリしていてなんだか変だ。手持ち無沙汰なわたしは携帯電話を取り出して、あっと声を上げた。

「全員無事救助だって」

「なにが？」

「テレビでやってた南米の岩盤崩落事故のことよ。今日も先生たちが話してたの。みんな無事救助されて、死者はゼロだったって。あれには誰かキセキが行っていたの？」

「ああ、あの事故か……」

真広はそうつぶやいて、しばらく黙った。やっぱり彼は苛々《いらいら》しているようだ。

「なにかあったの？」

「べつに……雨の日は髪がうねるから嫌なだけ」

　真広は金色の髪の毛に手を当てながら、わたしの質問に答えた。

「あれは誰も関わってないらしいよ。おれもてっきり誰か行ったと思ってたから、びっくりした」

「そうなの？　てっきりそうだと思ったのに」

「案外、ああいう事故におれたちが行くことはないんだよ。人の命に関することは、おれたちには手出しできないことだから」

　キセキは万能なのだと、わたしは思っていた。

「電車が遅れたとか、ホームランを打ったとか、そういう奇跡は簡単に起こせるんだけどさ。命の領域に手を出すのはタブーなんだ」

「知らなかった」

「おれが言わなかったからさ。人の生き死にを決めるのはおれたちじゃない。事故が起きるのを回避するとか、少しでも被害を軽くするとか、そういうことには手出しできるけど。いざ起きてしまった事故に手を出すのはタブーなんだ。岩盤崩落事故も、できることといえば、岩盤が落ちてくる時間を遅らせるくらいのことだし」

　いつにない真広の険しい顔に、わたしは話を聞くしかなかった。どうして彼もそんな話を突然始めたのだろう。彼はにらむように雨を見上げていた。

「紗絵、いまなんのお願いしてた？」

「教員採用試験に合格しますように、だけど？」

するとと彼は、はあ、とひとつため息をついた。

「やっぱり、神社ってそういうことをお願いするよな。おれも昔はそういうお願いばっかりしてたし」

庇の上には雨樋《あまどい》がつけられているので、余計な雨だれが落ちてくることがない。社殿の両脇に垂れた鎖樋からは雨水が伝い、真広はそれを見ながら難しい顔をしていた。

「おれ、神社苦手なんだ。家族の病気が治りますようにとか、子宝に恵まれますようにとか、そういう願い事をしに来る人が多いからさ。自分が関わることができない奇跡をお願いされると、自分の無力さを痛感する」

病気が治ることも、子供ができることも、わたしたちがよく願うことだった。なぜ願うのか、それは自分たちの力でどうこうできることではないからだ。キセキはわたしたちの願いを叶えてくれる存在なのではないかと漠然と思っていたけれど、真広がそれはできないということを教えてくれた。

「死んだ人間は命に関われないっていうキセキのルール、けっこう残酷だよな」

初めて聞かされた、キセキのルールとタブー。真広はずっと、それを守ってきたのだ。守らなければならないルールのなか、自分ができないことに歯がゆい思いをたくさんしてきたのだろう。

「もしキセキが命を救ってしまったらどうなるの？」

「消えるよ。あとかたもなく。間接的ならいいけど、直接関わってしまうとだめなんだ。タブーを犯したキセキは消えなければならない」

彼の言葉とともに、雨が勢いを増した。

「……ごめん、愚痴った。だから嫌なんだよな、神社に来るの」

なにも言えないでいるわたしに、真広が苦笑する。いつもの自信満々な姿はどこへ行ったのか、笑った唇はひきつっていた。

「じゃ、おれ行くわ。またな、紗絵」

「真広……」

呼び止めようと伸ばしたわたしの手は、彼の身体をすり抜けてしまった。雨のカーテンをくぐった彼の姿は、溶けるように消えた。

「──わあ、すごい雨」

間もなくして、雨のカーテンの向こうから誰かが走ってくるのが見えた。それに気づき、わたしは庇の下にもう一人入れるよう横にずれた。「すいません」と言いながら庇の下に雨宿りに来たのは、艶やかな長い黒髪をした女性だった。

「あれ？　紗絵ちゃん？」

「塔子《とうこ》先生……？」

それはわたしの知っている人だった。

「偶然ね、こんなところで会うなんて」

「塔子先生こそ、大丈夫なんですか？　そんなお腹でここまで来て」

養護教諭の塔子先生。雨で濡れてしまった身体をハンカチで拭うそのお腹は、最後に会ったときよりもさらに大きくなっている。けれど匂い立つような和風美人ぶりは相変わらずで、神社の厳かな雰囲気にその黒髪があいまって、まるで平安時代の姫君を見ているようだった。

「お腹、また大きくなりましたね！」

「だってもう臨月だもの。さわっていいわよ」

丸いお腹をさすりながら微笑む塔子先生の頬もまた、少しふっくらとしたように感じる。最後に彼女と会ったのは、新年度に入る前の顔合わせのときだ。緊張を隠せないまま学校に行って、いざ引き継ぎのための挨拶をしたとき、わたしは子供のころにタイムスリップしたかのような、そんな懐かしい気持ちになったのだった。

「紗絵ちゃんが先生になっただなんて、やっぱり不思議な感じね。ランドセルを背負ってちょこちょこ走り回っていたころのイメージが強くて」

塔子先生は、わたしが小学生のときの保健室の先生だった。なんの運命のいたずらなのか、わたしはかつてお世話になった先生の産休代理として、この学校に来ることになったのだ。

「お散歩がてら来てみたの。まさかここで会えるとは思わなかったわ」

月日が流れて、塔子先生は当然そのぶん年を取っていたが、その柔らかな微笑みはいまも変わらなくて、わたしは自分が子供に戻ったような気持ちになってしまう。小学生のころ、わたしはいつも塔子先生にまとわりついていた。

塔子先生のようになりたくて、わたしは保健室の先生になったのだ。

塔子先生との再会で、十五年前の記憶が呼び覚まされた。

真広が突然死んだあと、わたしは少しのあいだ学校を休んだ。

目を覚ますと、隣で幼なじみが死んでいた。ほんの数時間前まで元気だったはずの幼なじみが、ベッドのなかで冷たくなっていた。それは当然のことながらショックだった。ショックすぎて忘れてしまうことができたらよかったのに、むしろわたしは、そのときのことをいまもありありと覚えている。

真広がキセキとしてわたしのもとに現れるまで、一年ほど空白の時間があった。キセキの生活に慣れるまで、彼も彼なりに大変だったのだろうと思う。そんな事情も知らなかったわたしは、真広の突然の死からそう簡単に立ち直れるわけがなかった。

毎日、担任の先生と塔子先生が家に様子を見に来てくれた。直接わたしに会うことはほとんどなかったけれど、わたしの親となにかしらの話をして帰っていった。それは生徒であるわたしだけではなく、子供を亡くした真広の両親に対しても同様だった。

真広が死んだとき、そばにいたのはわたしだけだった。だから、わたしは何度も事情を聞かれた。けれどわたしだってなにが起きたのかわからなかったし、真広の両親もやり場のない気持ちをわたしにぶつけることなんてできなかった。そういう細かな空気をわたし自身敏感にくみ取ってしまっていたし、わたしの両親もどうしたらいいのか困っていたのだと思う。真広の母親はお葬式の最中に倒れてしまい、わたしはお葬式が終わってから部屋に引きこもってしまった。

学校に行ったら、クラスメイトたちが好奇心に任せて真広の死について聞いてくるに違いない。それが怖くて、学校に行けなかった。

ほどなくして、わたしは学校に戻った。じつは当時の担任と塔子先生が生徒一人一人のカウンセリングもしてくれていたらしく、クラスメイトたちも真広の死についてわたしに訊いてくることはなかった。もちろん真広の死にショックを受けたのはクラスメイトたちだって同じで、わたしたちはお互い手を取り合うように、時の流れとともに悲しみが和らいでいくのをみんなでじっと待っていたのだった。

そんな折り、塔子先生が、放課後にわたしを連れていってくれたところがある。それが、この鎮守の森のなかにたたずむ神社だった。

「やっぱりお腹が重いと階段がしんどいわね」

「階段なんてのぼって、大丈夫なんですか？」

「いいのいいの。もう臨月だし、むしろたくさん歩けって言われてるのよ。調子がいいときはね、こうやってお散歩して、この神社に寄ってお参りしてるの。お腹の子が無事元気に生まれますようにって」

庇を見上げて、参拝しても身体が濡れないと確認してから、塔子先生は賽銭箱の前に立つ。つい先ほど手を合わせたばかりだと思いつつ、わたしも一緒に隣に並んだ。お賽銭を入れ、鈴を鳴らし、手を合わせる。わたしに神社参拝の作法や、二拝二拍手一拝を教えてくれたのは塔子先生だった。

真広が死んで、わたしが学校に通い始めて。でも、そうそう毎日通えたわけでもなく、突発的に気持ちが沈んで学校を休んでしまったこともある。そんなとき、塔子先生はわたしをこの神社に連れてきてくれたのだった。忌中だとかそういうのは当時のわたしにはさっぱりわからなかったけれど、塔子先生なりに時機を見て連れてきてくれたのだろう。

そして二人で手を合わせた。塔子先生がそのときなにを考えていたのか、ちらりと見た横顔からはなにも読み取れなかった。

「……紗絵ちゃんとここに来るの、久しぶりね」

「そうですね。本当に懐かしいです」

お参りを終えて、わたしたちはまだまだ降り続ける雨を見ながら拝殿の屋根の下で雨宿りをした。叩きつけるような雨だというのに、境内にはゆったりと穏やかな空気が流れていた。塔子先生は、何度も深呼吸をしながらその空気をお腹の子に届けているようだった。

「悠介が高校に来たときもびっくりしたけど、紗絵ちゃんが来たときはもっと驚いたわ。長年教師をやっていると、こうやって大人になった生徒に会えて、なんだかしみじみしちゃうわね」

境内には、わたしたち以外誰もいない。この空間を二人だけのものにできて、なんだかうれしかった。

「紗絵ちゃんも悠介も立派な大人になってて……私も安心して、紗絵ちゃんに学校のことお願いできるわ」

「でもわたし、まだまだですよ。塔子先生みたいに、採用試験も一発合格なんてできなかったし」

「私のころといまとじゃ全然違うわよ。大丈夫、今日はちゃんと紗絵ちゃんの合格祈願しておいてあげたから」

「え？　わたしは先生が無事赤ちゃんを出産しますようにってお願いしましたよ」

「お祈りはね、自分のことを願うよりほかの人のことを願うほうがうんとご利益があるのよ。私の持論だけどね」

会話を弾ませて、決して途切れさせないのが塔子先生の人を惹《ひ》きつける話術だ。いつもにこにこと微笑んでいて、笑うときはとても快活に笑う。笑い皺《じわ》なんて気にせずに目尻を波打たせながら、試験勉強頑張ってる？　とわたしのことを気にかけてくれる。

「わたし、今日傘持ってきてないんです。このまま降り続いたらどうしよう」

「大丈夫、にわか雨だからすぐにやむわよ」

庇から顔だけ出して空を見上げるわたしに、塔子先生がハンカチを貸してくれた。わたしも風で流されてくる雨に少し濡れていたようで、鞄《かばん》のなかにハンカチがあるのに出さなかった横着な自分を恥ずかしく思いながらもそれを借りた。

「真広君は、雨が苦手な子だったわね」

雨の音に紛れて、塔子先生がそう言った。

「雨が降ると、私、思い出すのよ。頭が痛いって、紗絵ちゃんと二人で保健室に来る真広君のこと」

「塔子先生……」

わたしはリトル・グリーンで、綾音に小さな嘘をついていた。

小学校時代、保健室に通っていたのはわたしではない。真広だ。わたしは雨の日によく頭痛を起こす真広を、塔子先生のもとへと連れていった。

真広は綾音のように、雨の日に頭痛に悩まされる子供だった。普段は外で遊び回るのが大好きだったのに、雨の日になると途端に元気がなくなる、本当に太陽のような子供だった。

塔子先生は、とても綺麗な先生だった。みんなが大好きだった。真広はきっと誰よりも好きだったと思う。自分も真広が好きだった人のようになりたい。そう思って、わたしは養護教諭の道を歩んだ。こっそりと、長い髪も真似している。じつに邪《よこしま》だなと自分で思うから、綾音には決して言えなかった。

「真広のことでは、塔子先生に本当にお世話になりました」

「私もまだ新人だったからね、どうしたらいいか悩んだわ。だからあのとき紗絵ちゃんを神社に連れてきたんだけど、それはいいことだったのかなって、ずっと考えていたの」

あのころ塔子先生が神社で、こんな話をしてくれたことがあった。

『子供が突然亡くなってしまうのはね、その魂がもうすでに、自分が生まれてきてするべきことをすべて終えてしまったからなの。みんな、生まれてから死ぬまでがひとつのテストで、何十年もかかってやっと答えを見つけるの。その答えを、真広君はもう見つけてしまったの。だから、私たちよりひと足先に空の上に帰ってしまったのよ』

いま思えば、十歳という若さで死んでしまった真広のことをどう受け止めたらいいのか、先生自身もよくわかっていなかったのだろう。

『先生や紗絵ちゃんが、これから何十年もかかって答えを見つけたら、きっと真広君と同じところに行けるわ。みんなそうやって、この世に生まれて、いろんな勉強をしていくの。真広君はみんなとはちょっとだけ、テストの内容が違ったのかもしれないわね』

そして幼心に、塔子先生の言葉に不思議と納得した自分がいたのを覚えている。

「わたし、塔子先生に言われたこと、いまも覚えてます。塔子先生に神社に連れてきてもらってから、学校にも毎日通えるようになりました。……わたしが保健室の先生になりたいって思ったのは、塔子先生みたいな先生になりたいと思ったからです」

「紗絵ちゃん……」

「こうやって、また塔子先生に会えるとは思わなかったです。ましてや同じ学校で、また関わりが持てるなんて」

「本当に、奇跡みたいね」

塔子先生のその言葉に、わたしははっとした。奇跡。その言葉が、じんと胸に染み渡る。これはただの偶然なのか、それとも本当に奇跡なのか、それはわたしにもわからない。

「ここに来てよかったわ。それに雨が降らなかったら、入れ違いになってたかもしれない。今日の雨はうれしい偶然を運んでくれたわね」

塔子先生がそう言いながら、雨のカーテンに手を伸ばす。雨のせいで、境内がぼんやりとかすんで見える。それに目を凝らして、わたしは鳥居の近くにたたずむ人影に気づいた。

「真広……?」

雨のなかでもわかる、金色に染めた頭。そんな目立つ格好をしているのは、彼しかいない。

幸いわたしのつぶやきは雨にかき消されたようで、塔子先生には届いていなかった。そしてわたしは心のなかでそっと、真広に感謝をした。

もしかしたらこの小さな奇跡は、真広が起こしてくれたのかもしれない。

奇跡は身近に潜んでいる。その言葉もあながち嘘じゃないと思う。わたしたちが普段なにも気に留めていないような小さなことにだって、真広たちキセキは手を差し伸べているのだから。

「……雨、やみそうね」

手に受ける雨粒の量が減ってきたのか、塔子先生が言う。それとともに、雨のカーテンの向こうにいた真広の姿がまた、溶けるようにいなくなってしまった。

あれだけ激しく降っていた雨が、やんだ。そして、またあの日差しが戻ってくる。庇や森の木々から垂れてくる雨粒の残りが太陽の光を反射して、境内がきらきらと輝いているように見える。

「次の雨が降る前に、早めに帰りましょ」

空の様子を見て、塔子先生が歩き出した。いくら参道が整備されていても、石畳の道は雨に濡れると滑りやすい。塔子先生はお腹を押さえながら、ゆっくりと歩いた。帰るときも、鳥居をくぐるときは必ず一拝する。それを教えてくれたのも塔子先生だった。先生は手すりに手を伸ばしながら、ゆっくりと階段を下り始める。

「仕事はどう？　慣れた？」

「なんとか。新しい環境だからまだまだわからないことも多いですけど、塔子先生が丁寧に引き継ぎをしてくれたおかげで、いまのところは大丈夫です」

「紗絵ちゃんや悠介くんには迷惑かけちゃって、ごめんね。なにせ私も高齢出産だし、子供が生まれてからもどうなるか……」

塔子先生は、今回が初産ではない。なぜなら、わたしたちが卒業する前に結婚して産休に入っていたのだから。

小学校時代の塔子先生は、大宮《おおみや》塔子先生だった。ほかの同僚の先生は、大宮先生と呼んでいた。その大宮先生が原田《はらだ》先生になって、わたしの記憶のなかの先生はそこで途切れている。

「あ、虹」

ふいに顔を上げて、塔子先生が空を指差した。つられてわたしも見上げれば、雨上がりの空に、大きな虹がかかっていた。

「二重にかかってるわ。わかる？」

子供のように、塔子先生が虹の色を数える。いいものを見たわ、と喜ぶ先生は、虹に気を取られて足元を見ていなかったようだ。

「――あっ！」

大きなお腹を抱えた身体が、バランスを失って傾いた。

「塔子先生！」

いま転んだらお腹の子供が危ない！　慌ててわたしは手を伸ばし、塔子先生を支えた。

幸い先生はその場で踏みとどまった。しかしほっとしたのもつかの間、腐食していた手すりが壊れ、わたしはその場から転げ落ちた。

「紗絵ちゃん！」

真広、助けて！

そう叫ぶ間もなく、わたしは石段に頭を強く打ちつけた。

○

今夜、わたしの住む町を大きな低気圧が通過していくらしい。

朝から天気予報でそう伝えられていたけれど、天気が本格的に荒れるのは深夜になるようで、学校は通常どおり機能していた。

「今日は臨時休校になると思ったのになー」

「生徒みたいなこと言わないでください、仙場先生」

恨めしそうに窓の外を見つめる悠介に、わたしはそう返した。たとえ臨時休校になったとしても教師たちは出勤しなければならないのに、わかっていてそんなことを言うのだから笑うしかない。

悠介は相変わらず、しょっちゅう保健室にやってくる。これじゃあ用もないのにやってくるほかの生徒となにも変わらないじゃないかと思うけれど、口には出さない。今日はいちおう、けがをした生徒の書類を届けに来てくれたのだから。

「川の水位もまだ上がってないし、今日は放課後まで通常どおりでしょう。今晩の荒れ具合で水位は変わるだろうけど、臨時休校にはならないと思うよ」

「さすが、卒業生はわかってるな」

重たい雲が立ち込めている空からは、雨がしとしとと降り注いでいる。今日は風もなく、空気もじめっとしていた。

「自分が通ってた高校に戻ってくると、年間スケジュールとかだいたいわかってて便利だろ？　いいな、俺もこの高校に通いたかったよ」

「そんな何年も前のこと、いちいち覚えてないよ。生徒と教師とじゃ学校でやることも全然違うし、担任だった先生たちももういないし」

「でもやっぱ、母校って違うだろ？」

「まあ、それはね」

言葉を濁しながら、わたしは窓の外を眺めた。母校に帰ってこられてうれしい。地元に戻ってこられてうれしい。そう思う反面、子供のころの自分をどうしても思い出してしまい、複雑な気持ちになってしまうのも確かだった。

高校生活の三年間。楽しいことはたくさんあった。宿泊研修や学校祭、体育祭や修学旅行。勉強やテストや進路のことで大変なことはたくさんあったけれど、イベントだってたくさんあった。この学校には、わたしの青春の思い出がたくさん詰まっている。

けれど、楽しかった思い出と同じくらい、切ない気持ちも詰まっていた。学生生活で楽しいことがあったとき。ここに真広がいればと、いったい何度思っただろう。

真広と一緒に高校生活を楽しみたかった。同じクラスになれたかはわからないけれど、イベントは一緒だったはずだ。修学旅行で、口裏を合わせて自主研修の班の行動を抜け出したカップルを切ない思いで見送った。あいにく修学旅行は終始晴天に恵まれて、真広が降りてきてくれることはなかった。

中学校のときも、小学校のときも、わたしは真広がいてくれたらと何度も思った。真広と一緒にいる学校生活を何度も想像した。同じ学校の制服を着て、同じ教科書を読んで同じイベントを楽しむ姿をずっと繰り返し想像していた。わたしが確かに過ごしたはずの学生時代が、どれも、真広がいないというだけで思い描いていたものと違ってしまっていた。

大学進学で町を出て、新しい生活に身を置いてからは、真広がいてくれたらとは考えなくなっていた。さすがに大学まで一緒ということは考えられなかったし、なにより実習に忙殺されていた。

それで少しは真広離れができたかなと思っていたのに。地元に戻ってきてからはまた、昔の思い出とともに彼のことを考えるようになったのだった。

「美上、そのうち飯でも行かない？」

「仙場先生、生徒が寝てますから」

ぴしゃりと言い渡して、わたしは閉められたカーテンを指差した。それに悠介は肩をすくめて、はいはいと小さくつぶやいた。

「今度愚痴聞いてよ、愚痴。俺、美上先生に聞いてほしい話がたくさんあるわけ」

「わかりましたから、それはあとで」

「じゃあ、村中が起きたらよろしくな」

メールするから、と口パクで悠介が言う。そして自分の仕事に戻るべく、保健室をあとにした。

「……仙場先生、行った？」

「綾音、起きてたの？」

カーテンの奥から声が聞こえて、わたしはそっとなかをのぞいた。

「寝たふりしてたの。邪魔しちゃ悪いと思って」

「べつに、邪魔もなにも。仙場先生とはそういう関係じゃないから」

悠介が気を遣わずに行動するものだから、美上先生と仙場先生は付き合っているのではないかという噂が生徒のあいだで流れている。そういう噂に関しては、笑って流すのが教師というものだ。ベッドでひと眠りしてだいぶ顔色のよくなった綾音を見て、わたしは「大丈夫そうだね」と声をかけた。

「薬、効いたみたいね。いまから戻っても欠席になっちゃうし、このまま休んで次の授業から出るといいわ」

「ありがとう、紗絵先生」

まだ少し眠気が残っているのか、綾音がもごもごと布団のなかからしゃべる。気圧の変化が大きいからか、彼女の頭痛はいつもよりつらそうだった。

冷や汗をかいた額を、濡れタオルでそっと拭ってあげる。綾音はそれに気持ちよさそうに目を細めて、それからわたしの手を見てぼそりとつぶやいた。

「紗絵先生。母のこと、すいませんでした」

わたしの手首には、包帯が巻かれている。視線を感じて、わたしはその手をひらひらと軽く振ってみせた。

「こんなの、たいしたことないわよ」

ただ、湿布が取れないようにしているだけで、手首をほんの少し痛めただけだった。

「頭も強く打って、気を失ったって聞いて……」

「あれはただの脳震盪《のうしんとう》。わたし、石頭だから大丈夫よ」

「母をかばって階段から落ちたって聞いて……紗絵先生に謝らないと、と思って」

「わたしがただ勝手に転んだだけだってば。落ちたのがわたしで本当によかったよ。

塔子先生だったらどうなっていたか、考えただけで怖いもの」

綾音は、塔子先生の娘だった。

大宮先生は原田先生になったあとまた大宮先生に戻って、その後、村中先生になったのだと、わたしは引き継ぎのときに初めて知った。十五年のあいだにわたしが大人になったように、塔子先生にもいろいろあったに違いない。村中塔子になって子供を身ごもり、産休を取ることになったので、その代打で赴任してきたのがわたしだった。

わたしがかつて塔子先生の教え子だったことを、綾音は知らない。

「むしろ、塔子先生の体調のほうがわたしは心配なんだけど、大丈夫だった？」

「母は大丈夫です。あのあと病院にも行ったけど、問題ないって言ってました」

綾音の存在を知った当初、塔子先生がわたしたちの小学校時代に産んだ子供だと思った。けれど、それにしては計算が合わない。それを質問していいものかと悩んでいたところ、塔子先生は引き継ぎと一緒に綾音のことを話してくれた。

綾音は塔子先生の実の子供ではなく、再婚した相手の連れ子だということ。綾音とはそれなりに仲良くやってきたつもりだったが、高校進学にあたって少し難しい関係になってしまったということ。

本来なら自分の子供が自身の勤める学校に進学する場合は、前もって教師のほうを異動させるのが常だった。けれど今回は塔子先生が綾音の入学と入れ違いに産休に入ったので、二人は同じ学校に在籍しながら顔を合わせないままでいた。

さまざまな面で、難しい問題だった。離婚や再婚、血のつながらない家族ができること。普通の家庭でもやっぱりデリケートな問題で、これが教師となるとさらに難しくなる。教師は「聖職者」であることを求められるが、実際問題、教師だって一人の人間であるに違いない。

塔子先生がお休みに入っているあいだ、二人は学校で会うことはない。休み明けにどうするかは、塔子先生自身と校長先生が考えることだ。わたしが塔子先生からの引き継ぎで任されたのは、デリケートな立場に立たされた綾音のことを見ていてほしいという母からの願いもあった。

綾音自身、年の離れた弟か妹ができることになる。それに対してクラスメイトからなにかしらの反応があることは予想しておかなければいけないし、小さい町だからこそ広がる噂のことだって考えなければならない。このデリケートな問題に対応するのは、担任である悠介と、そして養護教諭であるわたし。それから、藤先生をはじめとした一学年の学年団。先生たちもまた同僚の教師のデリケートな問題にどう接したらいいか悩んでいるらしいことは、綾音の様子を見に保健室に来る悠介を見ていればわかる。なにかと難しい問題ではあるけれど、それをほかの生徒や保護者に変なかたちで伝わらないようにもしなければならない。

塔子先生もまた、綾音との関係が変わることにいろいろ考えているだろうし、三十八歳での高齢出産にリスクがあることにだって悩んでいるだろうと思う。

このデリケートな問題の中心である綾音と、いちばん親しくしているのはわたしだ。塔子先生と綾音のあいだに立って、板挟みになっているのは確かだった。

「先生、頭は大丈夫ですか？」

「その言い方は誤解を招くからやめようか」

石段にぶつけた頭は、幸いたんこぶができただけで済んだ。その瞬間は気を失っていたため、救急車で運ばれもしたが、石頭のおかげで月曜日から普通に学校に来ることができている。

頭の痛みはまだ残っている。たんこぶのずきずきとした痛みが、頭痛で保健室に来る綾音の気持ちを教えてくれるような気がした。

「ああ、そうだ。綾音にこれを渡そうと思って」

わたしは机の上に置いていたノートを彼女の枕元に置いた。

「土曜日、本当は学校が終わったあとにリトル・グリーンで返そうと思ってたの。遅くなってごめんね」

綾音が書いた小説を、わたしはすぐに読み終えていた。早くノートを返して続きを書いてもらわなければと、ずっと思っていたのだった。

「おもしろかった。続きがすごく楽しみ」

小説のなかの『私』は女学校最後の年になり、相変わらず毎日想い人のところへと通っていた。けれどある日、『私』はそれを親に知られてしまった。年ごろの娘が毎日のように男のもとへと通っていることを知った両親は、『私』をとがめる。

「『私』は、このまま結婚させられちゃうの？」

将来の伴侶を自分の意思で決めることができなかった時代だ。『私』には親の決めた縁談が持ち上がっていた。

「それは、あたしにもまだわからないんです。なんか、うまく続きが出てこなくて……」

綾音はとろりとした目でそう答えた。まだ眠いようだ。

「なんだか、考えることが多すぎて。それで、頭のなかがいっぱいになって、続きが出てこないんです。書きたいのに、その先がうまく見えなくて……」

苦しげに眉根を寄せながら、綾音は言った。

綾音が小説を書くのは、一種の精神安定剤になっていることにわたしは気づいていた。テスト前になると筆がはかどるのは知っていたけれど、それ以外にも、嫌なことがあると彼女は小説に打ち込む。いまはそれがうまくいかなくて、自分のなかに抱えているものをどう発散していいかわからないでいるようだった。

「わたしでよかったら、話聞くよ。またリトル・グリーンで少し話そうか」

「……マスターには聞かれたくないんです」

枕の上で、綾音は静かに首を振った。

「あたし、すごく嫌な子だから。マスターには、聞かれたくないんです。塔子さんとうまくやっていけていないなんて、知られたくない……」

「綾音……」

「塔子さんのこと、好きだったはずなのに、なんか突然わからなくなっちゃったんです。中学生のときは本当の親子みたいに仲良くできてたはずなのに。子供ができたって聞いて、なんか、心がもやもやして……」

そのもやもやを、彼女は言葉にできずにいた。小説では饒舌《じょうぜつ》な彼女だけれど、実際に自分の口で気持ちを話すことは少ない。小説がうまく書けなくなってしまったいま、綾音に自分の心を話せというのも難しいようだった。

「本当のお母さんには、両親が離婚してからずっと会っていません。べつにいまさら本当のお母さんに会いたいなんて言わないし、塔子さんも無理にお母さんと呼ばなくていいって言ってくれたんです。『友達のようにいられたらいい』って。あたし、塔子さんのこと好きだったはずなのに……」

目尻からこぼれる涙を、綾音は布団のなかに隠す。彼女の涙につられるように、外の雨が強くなり始めた。

「あたし、紗絵先生が救急車で運ばれたときに、塔子さんに言っちゃったんです。いい年してなに子供なんて作ってるの、って。塔子さん、悲しそうな顔して、ごめんねって言ったんです。……それから、塔子さんとは口をきいていないんです」

その話を聞いて、わたしはようやく塔子先生の言っていた言葉に納得した。

『迷惑かけちゃって、ごめんね』

そう、塔子先生は言った。きっと、綾音の言葉にできない心を感じていたのだろう。

「家にいるのが、嫌で……。テスト勉強をしてるあたしに塔子さんが夜食を作ってくれたりするんですけど、もう、顔を見るのも嫌なんです。こんなこと、マスターの前でなんて話せない……」

綾音の涙を見ていると、彼女が自分で自分の心に鍵をかけてしまっているように思えた。その心の声を、どうやって聞いたらいいのだろう。

「紗絵先生。あたし、ここで少し続きを書いていってもいいですか？」

そういう綾音に、わたしはただうなずくことしかできなかった。

低気圧が着実に近づいているはずなのに、雨は降れども空気は穏やかだった。静けさが不気味に感じられる夜道を、わたしは一人で歩いていた。

悠介が車で送ってくれると言ってくれたけれど、わたしは遠慮した。生徒に見られたら面倒だという表向きの理由に、彼はしぶしぶうなずいてくれた。

本当の理由は、誰にも言えない。

毎日通る知った道。不審者が出るという話はあまり聞かない。それでも最近は物騒だから気をつけるよう親から言われていたけれど、いざとなれば駆け込める知り合いの家がここにはたくさんあった。

ちょうど真広の家に差しかかったあたりで、わたしはその家の前に人影があることに気づいた。

「おかえり、紗絵」

「……真広」

金髪頭の真広が、こちらに向かって手を振っていた。

わたしが雨の日に歩いて帰る理由。それは、真広がこうやって迎えに来てくれることがあるからだった。夜道の一人歩きが危険だとはわかっていても、わたしはどうしても、雨の帰り道で真広と会えるほうを選んでしまう。

「遅かったな。心配した」

「ちょっと、仕事が残ってたから」

「そっか」

それ以上なにも詮索せず、彼はパーカのポケットに手を突っ込んで、自分の生家を見つめていた。

真広は雨のなかを歩いていても濡れることがない。雨粒は、その身体をすり抜けてアスファルトの水たまりに小さな波紋を作っていた。

「真広は今日も仕事だったの？」

「そうだよ。こう見えて、おれだってちゃんと働いてるんだからな」

これ見よがしに、真広は胸を張って言う。ネクタイなんて締めていないのに、首元に手を当てて引き締めるような素振りをする。彼は今日、どんな奇跡を起こしたのだろう。

「……こないだ、ごめんな」

「え？」

「神社の階段のとき、助けてやれなくて」

一瞬、わたしは真広がなにを言っているのかわからなかった。瞬きを三つほどして、ようやく彼が言わんとしていることに気づく。

「いつも紗絵のことを見てるって言っておきながら、おれ、助けてやれなかったからさ」

「べつに平気だよ、あんなの。たんこぶできたくらいだし、雨もやんでたからね」

雨が降っているあいだしか、真広はキセキでいられない。雨が上がってしまえば、彼は空の上に戻るしかない。きっと空の上から、わたしの派手な階段落ちを見ていたに違いない。

「あれはわたしがドジだっただけ。とくにけがもしなかったんだから、いいじゃない」

「……紗絵がいいなら、いいけど」

口ごもるように、真広がぼそぼそとしゃべる。雨に濡れていないはずなのに、真広は水に濡れた子猫のように頭を振った。

「塔子先生に会わせてくれて、ありがとう。あのとき、真広が会わせてくれたんだってわかったよ。塔子先生に会いたいって、ずっと思ってたから」

「住所とか知ってるんだから、紗絵から会いに行くこともできただろ」

「それじゃだめなの。あの神社でまた塔子先生と話がしたかったの」

自分のなかで止まってしまっていた子供のころの時間が、この町に戻ってきてまた少しずつ動き出したような気がする。ひとつひとつ、自分が目を背けていたことと、もう一度向き合うときが来たのだとわたしは思っている。

「おれも、久しぶりに塔子先生の顔見れてよかったよ。やっぱり綺麗だよな、塔子先生は」

「真広、小学校のとき塔子先生のこと好きだったでしょ？」

「それはどうかなー」

ごまかすように咳払いをして、真広は空を見上げる。顔が濡れないからこそできることだ。彼の真似をしようとして、わたしはすぐに雨に濡れて慌てて傘のなかに戻った。

「……ところで、どうしてここにいたの？」

「たまにはおれの家の様子見とこうと思ってさ」

「なかに入ったの？」

「いや、外から見てるだけ。なんか入りづらくて」

その横顔が翳《かげ》っているのは、雨が降っているからではない。動かない真広にならって、わたしも毎日通り過ぎる逢田家を見た。

真広が死んでから、わたしが逢田家に遊びに行くことは格段に少なくなった。たまに仏壇にお線香をあげに行くこともあるが、真広がこうしてここにいる以上、それはかたちだけのものでしかない。

真広の家族とは、いまも交流がある。こちらから遊びに行く回数は減っても、わたしの家に遊びに来る回数はそんなに変わっていない。両親たちのお酒の語らいにわたしも参加できるようになった。一緒に夜更かししても、怒られることなんてない。

ただ、お酒の会にまだ参加できない人が、この家には一人だけいるのだった。

「……紗絵姉ちゃん？」

ふいに背後から声が聞こえて、わたしたちは振り向いた。

「真幸《まさゆき》」

「いま仕事終わったの？　お疲れさま」

中学校の学ランに身を包んだ少年が、傘をさして立っていた。彼こそが、この家の若き住人だった。

「真幸、また大きくなったな……」

そう、真広がつぶやく。けれど、その声は真幸に届かない。自分とよく似た面差しをした少年の姿を見て、真広は小さく微笑んだ。

真幸は、真広の弟だった。

けれど真幸は、自分の兄に会ったことがない。彼は、真広が死んだあとに生まれた子供だった。

真広の葬儀が終わって少ししてから、真広のお母さんの妊娠がわかった。

突然死という理不尽な理由で息子を失ったショックで、真広のお母さんは葬儀の最中に倒れてしまった。葬儀後も寝込みがちだったにもかかわらず、子供がちゃんとお腹のなかにいてくれたのは奇跡だった。

その奇跡に真広は関わっているのだろうか。いや、キセキは関われないはずだ。

「真幸、いま帰ってきたの？　ずいぶん遅かったわね」

腕時計を見て、わたしは現在の時刻を確認する。中学生が帰ってくるには遅い時間だ。

「雨で部活が休みだったから、ちょっと出かけてたんだ。母さんには友達の家で勉強してたってことにしてるから、紗絵姉ちゃん、そこのところよろしく」

真幸とはよく顔を合わせるが、いかんせん年が離れているので一緒になにかをすることはほとんどない。こうやって会って話せば慕ってくれてかわいいけれど、その顔がまた真広によく似ていて、見ていて複雑な気持ちになることもあった。

もし真広が生きていたら、中学校の制服を着て、毎朝わたしと一緒に登校していただろう。真幸を見ていると、叶わなかった夢を見せつけられているようで、やり切れない気持ちになってしまう。

「口裏合わせをしてほしいなら、本当はなにをしてたか教えてくれないと納得しないわよ。中学生が遅く帰ってきたのを見なかったことになんてできないから」

「出た、学校のセンセイ」

その口調が真広にそっくりで、わたしは内心苦笑する。真広も同じことを思ったようで、隣で声を上げて笑っていた。

「お墓参りに行ってきたんだ」

「お墓参り?」

「兄ちゃんのところ」

真幸の言葉に、わたしと真広は顔を見合わせた。

「なかなか行く時間がなかったからさ。今日、雨が降ってラッキーだったよ。母さん過保護だから、こういうときじゃないと嘘ついて出かけられないし」

そう言って、彼は手に下げたビニール袋をバックパックのなかにしまった。白いビニール越しにお線香の箱が入っているのが見える。

「もしかして、たまに一人でお墓参りに行ったりしてたの?」

「じつはね。仏壇に手を合わせてると、母さんが余計な心配するからさ」

わざわざ雨の日にお墓参りに行くなんて。そうでもしないと、行く時間が取れなかったのだろう。真広のお墓はそう遠くないところにあるから、放課後に行って帰ってくるのも可能だった。けれど、なぜ彼がそんなことをするのか、わたしには不思議だった。

「雨の日になるとさ、母さんが不安定になったりするんだよ。僕がどこに行くか異様に心配するし。仕方ないとは思ってるけど、たまに、息が詰まるんだ」

真広が亡くなったのは、雨の日だった。真広のお母さんが不安定になるのも仕方ないのだろう。それを真幸も敏感に感じているようだった。

「だから、たまに兄ちゃんのお墓に行って話すんだよ。こういうとき、相談できる人っていないし……兄ちゃんが聞いてくれてるかはわかんないけど」

真広に目配せをすると、彼は小さくうなずいた。墓前で手を合わせてくれる弟のことを、彼は知っていたのだ。

「家で息が詰まって、兄ちゃんに話しに行きたいと思ったとき、いつもこうやって雨が降ってくれるんだ。雨の日のお墓参りはよくないっていうけど、僕は兄ちゃんが呼んでくれたのかなって思って、いつも会いに行ってるんだ」

真広が、そっと息をつく。それは優しい吐息だった。

「僕が生まれる前に死んじゃったから、一度も会ったことないけどさ。僕は兄ちゃんが見守ってくれてるのかなって思うんだ。だから雨の日にお墓に行くのも怖くないし、兄ちゃんに相談したら、なんか気持ちが軽くなるんだ」

真広を見やると、彼はかつての自分の部屋を見つめていた。電気のついていない二階の部屋は、いまは真幸の部屋。物置にされるより弟の部屋として使ってもらえたほうが全然いい、と真広は以前言っていたことがあった。

「だからこのこと、くれぐれも母さんには内緒にしておいてね」

「うん、わかった」

わたしは真幸が差し出した小指に、自分の小指を絡める。すると彼は満足そうにうなずいて、自分の家へと入っていった。

玄関の扉が閉まる寸前、「おかえり」と優しい声が聞こえた。それを聞いて、真広が目を閉じる。自分はもう二度とかけてもらえないその言葉。

「真幸に兄ちゃんって呼ばれると、なんか、変な感じだな」

真広の口から、真幸の話が出ることはあまりない。

彼が少しずつ、けれど確実に、自分の居場所を失いつつあることにわたしは気づいていた。真広はわたしには会いに来てくれるけれど、きっと自分の家には戻っていないのだろうと、その横顔から読み取ることができる。わたしの家と真広の家はわずかな距離しか離れていないはずなのに、そこにとても大きな壁があるようだった。

いま、真広と自分の家をつないでくれるのは、一度も話したことのない真幸という存在だった。遺影でしか見たことのない真広を、真幸はなんのためらいもなく兄と呼んでいる。それが、真広にはたまらなくうれしいことなのだろう。

人通りが少なく、ひっそりと静まり返った家の前で、真広は明かりがついたかつての自分の部屋を見つめ続ける。次第に強くなっていく雨が傘を強く叩いているが、雨に濡れない真広はそんなことは気にしない。ただじっと、自分の家を見つめ続けていた。

「……帰ろうか、紗絵」

風が出てきたことに気づいて、彼はようやくこちらを向いた。

「いいの？」

「いいよ。これ以上外にいたら、紗絵が風邪ひいちゃうし」

名残惜しさも感じさせず、真広はわたしの家へと歩いていく。こちらがためらって
しまうほどの潔さで。わたしはおずおずとその背中に声をかけた。

「もしかして、この雨も真幸への奇跡だったりするの？」

「さあ、それはどうでしょう」

つまり、イエスだ。弟想いのお兄ちゃんは、こうやって何度も真幸に優しく手を差
し伸べていたに違いない。

「今日おれが起こす奇跡はもう終わりました。せっかく仕事が終わっても雨が降って
るんだし、たまには紗絵とゆっくりしたいんだから、仕事の話はしないでくれよ」

「それは、ごめんね」

真広を追いかけて、わたしは手を伸ばす。わたしの手は真広の手をつかむことがで
きず、彼はわたしの取った行動に不思議そうに首を傾げた。

「なにしてるんだよ」

「なんか寂しそうにしてるから、元気づけようとしてあげてるんじゃない」

「べつに寂しくなんてない」

「嘘つき。真広はいつも、そんなだらだらした歩き方しないもの」

　わたしの指摘に、真広が立ち止まる。口ではなんと言っても、どうしても態度に出てしまうものだ。図星だったようで、振り向いた彼は少しだけ頬を赤くしていた。

「だって子供みたいだろ、こんなことでしょげてたら。おれたちだってもう大人なんだし」

「大人だって寂しいときは寂しいわよ。そういうときは意地張ってないで素直に認めるのがいちばんよ」

　わたしはあえて生徒に言うような口調で言った。それに真広は唇をもごもごさせて、そして、わたしに向かってそっと手を伸ばした。

　降り続く雨のなか、傘の骨を伝ってしずくがぽたぽたと落ちる。彼のその手がわたしの指先に伸びたことに気づいて、わたしもそっと指先を動かす。

　雨《あま》だれと、真広の指先とが、わたしの手に触れた。

「あ……」

　確かにいま、真広がわたしに触った。

　雨だれではない、かすかな、指先の感触。それがほんのりと残っている。かすかに、温かいと思った。

「これ、おれの魔法」

いたずらっ子のように真広が笑う。

「これが、おれがキセキになってできるようになったことなんだ。普通の幽霊には絶対できない。雨越しに、ほんのちょっとだけ、さわれる」

そう言って、真広はわたしに手のひらを見せてくれた。いつもと変わらない、大きな手のひら。ついさっき、わたしの手に触れたその指先に、残り火のようなかすかな光がくすぶっている。まるで指先に赤黒く光る小さな炭をのせているようだった。

「これで奇跡が起こるの？」

「それはちょっと違う。結局起こすのはおれ自身だから。この光は、なんていうか、魔法みたいなもん」

その光る指先で、真広は包帯を巻いたわたしの手首に触れる。温かいものを感じて、わたしはその光が消えていくのをじっと見つめていた。

「じゃあ、これでけがが治るの？」

「さすがにそこまではできないよ」

自嘲気味に笑って、真広は指先を離した。光はすぐに消えてしまって、彼はまた雨に濡れない身体に戻っていた。

「これは、ただのおれの自己満足だよ。気休めにしかならないかもしれないけど、おれも勝手に奇跡を起こしちゃいけないんだ。決められた仕事しかしちゃいけない」

　奇跡の仕事でもなんでもない。真広は自分に言い聞かせるようにそう言った。

「紗絵にさわりたかっただけだ」

「真広……」

「でも、これ使うとすんごい疲れるんだ。体力っていうかエネルギーっていうか、自分の魂を削るようなものだからさ。早く帰ろう、横になりたい」

　こめかみにひと筋の汗を垂らしながら、真広はわたしを手招いた。

「今晩はずっと雨なんだ。ずっとこっちにいられる。久しぶりに一緒に寝ようよ」

　真広のその言葉に、わたしは一瞬どきりとした。その表情を見破られたのか、真広が肩をすくめる。そしてまた意地悪そうに、いたずらっ子の笑みを浮かべた。

「紗絵にひと晩中さわってたら、おれ、力尽きて消えちゃうよ。昔みたいにさ、ひとつの枕で一緒に寝よ」

　なんでも見透かしたような瞳に無性に腹が立ち、わたしは一度傘を閉じると、真広に向かって勢いよく開いた。

「ちょっと、やめろよ！」

　自分が濡れるわけでもないのに、真広は逃げる。わたしの雨しぶき攻撃に、彼は子供のように夜道を走り出した。

子供のころから、真広はわたしのそばにいる。

真広もまた、わたしのそば以外に自分の居場所がなくなってしまっている。だから

こうやって、雨が降れば会いに来てくれる。

会ってはいけないと、わたしはいつも思う。いい加減、真広から卒業しなければ、と。

けれど、彼に会うとたまらなくいとしい気持ちが込み上げてくるのを、わたしはどうしても止められなかった。

○

嵐が去った晴天の日。わたしは早々に仕事を切り上げ、リトル・グリーンでのんびりとコーヒーを飲んでいた。

夏休み前の定期考査が始まった。各学年、午前中だけテストがあり、午後は考査期間のため部活もなくすぐ下校になる。教科を受け持っている教師たちは午後から採点などの仕事があるけれど、わたしは生徒たちと同じように太陽が高いうちに帰宅することができた。とはいえそれも、「こういうときじゃないと採用試験の勉強もできないでしょう」と、気を遣ってくれるほかの教師たちの優しい言葉があったからこそだ

った。

まっすぐ家に帰って真面目に勉強する生徒が少ないように、わたしも帰宅したところでだらだらするだけだろうと思い、昼食がてら、マスターのおいしいコーヒーを飲みに来たのだった。

「どうぞ、いつものブレンドです」

わたしがなにも言わなくても、マスターはまずブレンドを淹れてくれる。取っ手が太く、ぽってりとした丸みがある飴色《あめいろ》のカップのなかには、いつもの焦げ茶色の液体がたゆたっている。平日の昼間だから、土日のように混んではいない。ぽつぽつと適度な距離を置きながら客がテーブルやカウンターについていて、マスターが一人一人に丁寧に応対をしていた。

「今日はアルバイトの人はいないんですか？」

「基本的には僕一人でのんびりやってるんだ。だからアルバイトのシフトもまちまちなんだよ。テスト期間中はちゃんと綾音ちゃんにシフト入れないようにしてますよ、先生」

そう目配せをして、マスターはその薄い唇を柔和に曲げてみせた。テスト期間中に生徒をシフトに入れないなんてことを律儀に守っているのは、この喫茶店くらいだ。

ちなみにリトル・グリーンでは学生の勉強を禁止しているので静かだが、郊外にあるショッピングモールのフードコートにはいつも生徒たちがたむろしていて、学校に苦情が来ていた。

今日はいつもの窓際の席ではなく、マスターのすぐそばにいられるカウンター席に座った。窓際は平日の常連客の指定席になっているようで近づきがたいのもあるし、今日は川の眺めもあまりいいものではない。昨日の雨の影響で水かさが増していて、ガラス一枚隔てただけではそのごうごうという川音が聞こえてきそうだった。

川上ではまだ雨が降り続いているようで、晴天にもかかわらず濁流になってしまっている。こういう日は川に近づいてはいけないと子供のころから教え込まれているので、河川敷に人の姿はなかった。

「今日はたまごサンドかな?」

「あ、はい。それでお願いします」

この店は、コーヒーだけでなく食べ物もどれもおいしい。そしてマスターは、客の好みをあっという間に覚えてしまう。わたしが夜にナポリタンばかり頼むのも知っているし、勉強に集中したいときは食べやすいホットサンドにするのも知っている。メニューのなかでなにより好きなのはたまごサンドで、それがわたしの元気のもとになっているのもマスターにはお見通しだった。

「紗絵ちゃん、元気ないね。なにかあった?」

「二次試験が近づいてきたので、ちょっと憂鬱で」

真剣に机に向かってテストを受ける生徒たちを見ていると、自分がこれから受けなければならない採用試験のことを強く意識させられた。二次試験も以前に経験済みなので、今回なにが行われるかもわたしは充分に把握していた。

「面接が苦手なんですよ」

「好きだっていう人はあまりいないと思うけど」

マスターがそう付け加えながら、オーダーがあったコーヒーを淹れ始める。その手際のいい様子を、わたしは頬杖《ほおづえ》をつきながらぼんやりと眺めていた。

「集団面接があるんですけど、みんな相手の腹を探り合ってるんです。集団面接のときは誰かがリーダーになって話を進めるかたちになるんですけど、リーダーになれた人はまず間違いなく受かるって言われてるから、みんな必死にリーダーになりたがる。その様子を見ているうちに、なんだか人間の腹黒さみたいなのが見えてきちゃうんですよね」

「教師になりたいって言ったって、しょせんみんな人間だからね。相手の内側を読んで当然だし、紗絵ちゃんもそこで引かないで押していったほうがいいんじゃないかな」

使い込んでコーヒーの色に染まったネルフィルターをセットして、マスターは手早く決めた分量だけ粉を入れる。いつも鮮度のいい味にできるよう、ミルで挽《ひ》くのは必要最低限の量だけにしているようだ。お湯を注ぐ前だというのにカウンターに芳ばしい香りが立ち込めて、たまらずわたしは自分のコーヒーを飲んだ。

「個人面接も、面接官はたいてい教育委員会の人とか試験校の校長先生とかで、養護の先生が面接官をすることってまずないんですよね。それで、まあ一般的な面接をするんですけど、たまにやたら意地悪な質問をしてくる人とかがいて」

「普通の質問だと、だいたいみんな質問を予想していてぱぱっと答えちゃうからね。ちょっと意表をついた質問をして、どういう反応をするか確かめてるんでしょ？」

マスターは銀のドリップポットを片手に、コーヒーを淹れ始めた。注ぎ口から出るとても細いお湯を、少しずつ注いでいく。粉はお湯を含むとこんもりと小さな山を作る。それを崩さないように丸く注いでいくのが、おいしく淹れるコツだった。

「面接が終わって、どっと疲れて帰ってきて。それで合否発表の手紙が来るまでずっとどきどきしながら仕事をするんですよ。なのに、届いた封書を開けて不合格だと、ほんと落ち込みますね」

一度淹れ始めると、店中に広がる芳ばしい香りに誘われて次々とコーヒーの注文が来る。にわかに忙しくなったようだが、マスターはしっかりとわたしの話を聞いてくれていた。

「面接で落ちると、なんだか自分自身を否定されてるような気持ちになるんです。あなたの人間性は教師には適していません、って言われてるみたいで。合格率が低いから仕方ないって自分に言い聞かせても、不合格が続くとやっぱりへこむんですよ」

「でも、合格しないと正採用にはなれないんでしょう?」

「案外、正採用じゃなくて契約のまま働けたりするものなんですよ。同じ大学に通って教員免許を取っていても、結局教師にならずに一般企業に就職した友達だっていっぱいいるし。なんかたまにわからなくなっちゃうんです。どうしてわたし、この道を選んだんだろうって」

　これじゃあまるで、居酒屋でくだを巻くおじさんだ。わたしの愚痴をうまく切り上げ、マスターは注文のブレンドを運び、そして次のコーヒーの準備を始める。この店ではドリップだけではなく、フレンチプレスという、筒状のガラス容器のなかに粉とお湯を注いで淹れるものも提供している。紙のフィルターで淹れるペーパードリップと、布でドリップするネルドリップと、ガラスの筒のなかの粉を金属の網で濾《こ》すフレンチプレスと。それぞれで味が変わるようで、マスターは毎回注文と一緒に淹れ方も確認している。ちなみにわたしには違いがわからないので、いつもマスターのお薦めで淹れてもらっていた。

「なんかすいません、愚痴っちゃって」

「いいよ、べつに。僕、人の愚痴聞くの好きだから」

マスターはわたしの愚痴を聞いても、いつも嫌な顔ひとつしない。白いお皿の上に行儀よく並べられた三角形のたまごサンドがカウンターの上に置かれて、「これで元気出して」とマスターがにっこりと笑った。

「いただきます」

マスター特製の、マスタードが絶妙に効いたたまごサンドは、口に含んだ瞬間のパンの柔らかさからしてすでに絶品だった。彼は店で出すものすべてにこだわりを持っていて、添えられたパセリまでもがおいしそうに見える。たまごサンドひとつにも、マスターの美学が行き届いているのだった。

「でも、そう言いながらも、紗絵ちゃんはいまの仕事が好きなんでしょ？」

マスターにずばり言い当てられて、わたしはたまごサンドをかじったまま苦笑するしかなかった。

「仕事内容は想像していた以上にずっと大変ですけどね。生徒のけがの手当てをするよりも事務処理のほうが圧倒的に多いし、サボりだと思った生徒がじつはメンタル抱えていたり。なんか、いまの子供たちって幼いっていうか、高校生なのに中学生みたいなんですよ。あと、自分自身で問題解決しようとしないんです。自分の思っていることを言わなかったり、わたしたち教師が問題解決の場を作ってあげないといけなかったり」

たまごサンドを頬張れば頬張るほど、自分のなかにたまっていたもろもろがあふれてくる。

「悠介……同僚の先生も言ってたけど、いまの子は諦めるのが早いんです。やる気がないっていうか。やっても意味がないって思うと本当にやらないから、数学の公式だって覚えようとしないって」

「まあ、僕も昔は因数分解なんて、社会に出たらなんの役に立つんだって思ってたしね」

「自分が同じ年ごろのときとは違っていることが多くて、戸惑うこともあります」

「きっと紗絵ちゃんが子供のころ、先生たちは同じように思っていたんだろうね」

言われて、わたしははっとした。

「僕はこの町に長くいるから、紗絵ちゃんみたいに子供のころから知っている子がたくさんいるけど、みんな大人になると同じことを言うんだ。だから結局は、みんな同じ道を通ってるのかななんて思っちゃうけどね」

周囲の人に聞こえないよう、マスターは声を潜めてそんなことを言った。なんでもお見通しの瞳にじっと見つめられて、わたしはその瞳にときめく綾音の気持ちが一瞬わかったような気がした。

「僕も昔は数学嫌いだったけど、こうやって自分の店を持っていろいろ帳簿をつけるようになって、いままで学んだことは無駄じゃなかったなって思ったよ。子供たちもそうやって、大人になってから昔のことをいろいろ反芻《はんすう》するんだから、紗絵ちゃんがいまやっていることは決して間違ってなんていないよ」

マスターが数学嫌いだったなんて、なんだか意外だ。そう思うとつい笑みが漏れた。わたしの前に、マスターは小さなお皿の上にのせたお菓子を差し出す。

「紗絵ちゃんなら頑張れるよ。これで占ってみる？」

それは、マスター手作りのフォーチュン・クッキー。店主の気まぐれで作られる、メニューには載っていない一品だ。彼はこうやってたまに、お客に楽しみを提供していた。

「ありがとうございます」

生地のなかに紙を入れて折り畳み、ハート形になるように成形してから焼くフォーチュン・クッキー。ハート形にするのは、なかに入ったおみくじが生地とくっついてしまわないようにするため。手に軽く力を込めればクッキーは簡単に割れて、なかから一枚の小さな紙が出てくる。

「大人は現在《いま》の占い。子供は未来の占い。採用試験の占い、する？」

「そんなの、怖くてできませんよ。今日の運勢を占います」

そう言って、わたしは紙に書かれた内容を確認する。クッキーに入っている紙はそう大きくなく、マスターが思いつきで選んだ言葉が書いてある。正直、意味がわからないことも多い。

「『嵐の前の静けさ』って……低気圧が来たのは昨日ですけど」

「まあ、あくまでもお遊びだから。そんなに気にしないで」

クッキーをかじりながら紙を見つめるわたし同様、フォーチュン・クッキーをもらったお客はみんな一様に首を傾げている。占いの意味はわからないけれど、クッキーはおいしい。占いを入れなくていいから、クッキーもメニューに入れればいいと思うのに、マスターはなぜかそれをかたくなに拒むのだった。

「ごちそうさま、マスター。わたし勉強しなきゃ」

「うん、頑張って」

たまごサンドのお皿を返すと、マスターがおかわりのコーヒーを淹れてくれた。その香りを胸いっぱい吸い込むと、頭がすっきりとする。わたしはさっそく鞄からノートを取り出した。

勉強をすると宣言したのに、わたしはノートに釘付《くぎづ》けになっていた。

勉強用と間違えて、綾音の小説のノートを取り出してしまった。わたしが持ったままになっていたものだ。一度読んだはずなのに、ノートを開くとまた読みたくなってしまう。綾音の小説にはそんな不思議な魅力があった。

保健室で続きが書かれた『私』の話。縁談が持ち上がった『私』の続きが、そこには詳細に書きつづられていた。

『私』は、毎日通っている喫茶店の店主のことが好きだ。けれど、自分の想いを伝えることができないままでいる。せっせと店に通っては、おいしいと思えない苦い珈琲を飲んで、想い人の顔を見て胸をときめかせている。彼と話せた日はもう、天にも昇るような気持ちで家路につく。

現実で綾音がマスターに恋をするように、小説のなかの『私』も喫茶店の店主のことを想っている。

けれど、喫茶店通いが両親に見つかり、縁談まで持ち上がり、『私』は女学校が終わったらすぐに家に連れ戻されるようになった。家の人に毎日監視され、自由もなく、喫茶店には当然通えなくなってしまう。

『どうしてお父様もお母様も、私の気持ちをわかってくれないの。好きな人がいるのはそんなにいけないことなの。どうして私は、いちばんお嫁に行きたい人のもとに行けないの……』

そう、『私』は毎日泣きくれる。こんなことなら、苦いだなんて思わず、もっと珈琲を飲んでいればよかった。もっと積極的に、彼に話しかければよかった。もっともっと、あの喫茶店での思い出を、自分のなかに刻み込んでおけばよかった。

その切ない筆致に、わたしは胸が苦しくなるのを感じた。綾音の小説は、一文字一文字が胸に響いてくる。自分も物語の世界に入り込んでしまい、読むことをやめられないのだった。

そしてある日、『私』は縁談の真実を知る。

彼に恋をしている『私』の目を覚まさせるために、無理やり結婚させようとしていたと思っていた両親の、本当の目的を知る。嫁ぎ先の相手はなんと、親よりも年が上の資産家で、『私』と結婚すれば実家に金銭の融資を考えるというものだった。そこでようやく『私』は、自分が親の道具として嫁がされることを知った。

『私』を産んだ母は、幼いころに亡くなっていた。育ての母は『私』の本当の母親ではない。この縁談を父に持ちかけたのはその継母であり、ずっと実の母親のように思っていた継母の本音を知った『私』は、家を飛び出す。綾音の家庭事情が、少なからず小説に反映されているようだった。

ふと『私』と綾音の共通点に気づいて、わたしは嫌な予感がした。

ページをめくりながら、自分の頭に刻み込むように読み進める。そして最後まで読み終えると、わたしはノートを閉じた。

「綾音……」

わたしはカウンターから窓の外に目をやった。太陽がさんさんと河川敷を照らし、砂利道がまるでガラスのかけらのように光っている。

そこでわたしは、川べりに立つ人の姿に気づいた。

「──マスター、ごめん、すぐ戻るから！」

「紗絵ちゃん？」

慌てて席を立ったわたしに、マスターが驚いたように声を上げた。ノートも鞄もすべて置いたままにして、わたしは「あとで払うから！」と叫び、店の扉を勢いよく開いた。扉につけられたベルが、けたたましく鳴る。

わたしは川に向かって一目散に走り出した。パンプスのヒールが邪魔で、早く走れないのがもどかしい。

「──なにしてるの！」

川に向かって、わたしは叫んだ。

雨で増水して、流れが速くなっている川。子供のころから、雨が降ったあとは近づいてはいけないと、川のそばで育った者なら誰もが教えられているはずのその川べりに、ブレザーを着た一人の少女がたたずんでいた。

「綾音！」

しかしわたしの声は綾音には届いていないようだった。

あの話の続きは、こうだった。

継母の本性を知りショックを受けた『私』は、家を飛び出す。そして泣きながらさまよい、ある川へとたどり着く。

そこは流れが速いと有名な川で、まれに飛び込みや心中があると言われていた。『私』はそこに飛び込もうとした。好きな人と一緒になれないのなら、生きていても意味がないと思ったのだ。

わたしがいま目にしているのは、小説と同じ行動をしようとしている綾音だった。

「綾音！　なにしてるの！」

こけつまろびつ、わたしは綾音のもとにたどり着いた。そして、川の流れを見つめていたその肩をつかんだ。細い肩は驚きにびくりと震えて、反射的に振り向いた。

「紗絵先生？」

綾音は、泣いていた。

「綾音、帰ろう。ここにいたら危ないから」

「離してくださいっ」

手を振りほどこうと、綾音はもがく。危ないところに立っていると、はたしてわかっているのだろうか。わたしは必死にその暴れる手をつかんだ。

「あたしなんて、いないほうがいいんです！」

その泣きじゃくった声に、わたしははっとした。頭のなかに、先ほど読んだノートの場面が浮かぶ。

『離してください！　私なんて、いないほうがいいんです！』

小説のなかで『私』はそう叫んだのだった。

「綾音、落ち着いて。そんなことしちゃだめだよ」

そして皮肉にも、わたしが綾音にかける言葉もまた、小説と同じだった。

ただし、小説のなかで『私』を止める相手は、わたしではない。『私』が失踪したという話を聞いた想い人が、探し回って駆けつけたのだ。

「いや！　あの家には帰らない！　あたし、あの家にはもういたくない！」

小説のなかの『私』は、縁談が嫌で家を飛び出した。綾音もまた、自分の家にいることが嫌なのだ。塔子先生と関わることが嫌なのだ。けれどはたして、それが川に飛び込むほどのことだろうか。

『好きなように生きられないなら、生きていても意味がないわ！』

「綾音……」

彼女は一言一句たがわず、『私』と同じことを口にしていた。

綾音は混乱してしまっている。現実から目を背けようとして、自分の小説のなかに入り込んでしまっている。綾音のその泣き腫《は》らした目は、どこか遠くを見つめていた。

「……いけません。そう簡単に諦めてはいけません」

とっさに、わたしの口からその台詞が流れていた。

「貴女はまだ若い。そして美しい。未来も希望もたくさんあるというのに、いま川に飛び込んでは、なんにもなりません」

それは、小説のなかで想い人が言ったことだった。

わたしの台詞に、綾音は驚いたように目を丸くした。その反応に手ごたえを感じて、わたしは次の台詞を必死に思い出した。

『死んではそれでおしまいです。どうか、生きてください。生きていれば必ず、幸福がくる。奇跡は必ず起きます』

『奇跡なんて、そんなもの、私は信じないわ！　私が何度神様にお祈りしてもお母様は帰ってこなかったように、奇跡なんてそんなものこの世にはないのよ！』

綾音もまた、『私』と同じことを言う。いま、わたしの目の前にいるのは、綾音ではない。あの小説のなかにいる、自由恋愛が許されない時代に恋に生きる、一人の少女だった。

『奇跡はあります。僕が約束します。貴女にはいつか必ず奇跡が起こります。奇跡は誰にでも平等に起こるんです』

『なら、いますぐ奇跡を起こしてよ！　私が貴方と一緒にいられる奇跡を起こしてよ！』

それは切ない『私』の告白だった。

『私が嫁ぎたいのは、貴方です！　貴方のことが、好きなんです！』

びりびりと鼓膜を震わす『私』の魂の叫び。それを聞いて、想い人は驚き、手を離す。その隙をついて、『私』は川のなかに入ってしまう。

『私は、私の望む人生を生きたい。貴方と一緒にいられなければ意味がないの……』

『いけません！』

慌てて、わたしも川に入る。その細い手をつかむ。ぽろぽろと涙をこぼす彼女を引き留めようと、握る手に力を込めた。

『僕も、貴女のことを想っています。だからどうか、僕の前で、そんなことをしないでください』

抵抗していた手が、ぴたりと止まる。『私』は呆然《ぼうぜん》と彼を見つめる。そしてさらに目から涙をこぼしながら、一歩一歩、彼のもとへと歩み寄るのだった。

『帰りましょう。ここにいては危ない』

その焦点の結ばれない瞳に、わたしは呼びかける。あと少し、あと少しだ。そう自分に言い聞かせる。この場面はあと少しで終わる。

『――あっ』

綾音の足が、川底の石につまずき、流れに取られる。それをわたしは抱き止め、そして川岸へと連れていかなければならない。

けれどわたしはそのときまで気づいていなかった。

わたしは小説のなかの想い人とは違う。彼のような力強い腕なんて持っていない。一人の少女の身体を抱き止めて、川の流れに耐えることなんてできない。

それに気づいたときにはもう遅かった。わたしたちは川の流れに足を取られ、濁流にのみ込まれた。

晴天の青空に似ず、川の流れはとても速かった。

激しい流れに身体をもみくちゃにされながらも、なんとか岸にたどり着こうとわたしは懸命に水をかいた。川の水以外にも小石や木の葉も口のなかに流れ込んできて、吐き出したいけれど満足に息もできない。流れにもまれて浮いたり沈んだりするなか、わたしは必死に綾音の身体を抱き締めていた。

いま、綾音と離れてはいけない。

気を失っているのか、綾音はぴくりとも動かない。下手にパニックを起こして暴れられるよりはいいけれど、かといってわたしにも綾音を抱えたまま泳げる力はない。

「誰か……！」

水面から顔が出て、わたしは声を上げた。けれどそれは、かすれた声にしかならなかった。どれだけ川の流れが速いのかは、過ぎ去っていく川沿いの景色を見れば一目瞭然だった。

このままわたしは死んでしまうのだろうか。

砂利が身体にこすりつき、とても痛い。溺死体は衣服が脱げていることがあると聞いたことがあるけれど、これじゃあ衣服どころか身体の皮まではがされてしまいそうだった。

綾音の小説に、こんなことは書かれていなかった。『私』は川に流されたりなんてしない。

これは、紛れもない現実だった。

「誰か……！」

なんとか顔を出し、わたしは懸命に声を上げた。なにかつかめるものはないかと手を伸ばしても、触れるのは木の葉ばかり。流木でもあればそれにつかまって呼吸ができるのに、そういったものが川上から流れてくる気配はない。

「――真広！」

わたしが呼べる名前は、彼しかいなかった。

「真広、助けて！」

いつもわたしのことを見てくれているのなら、いまこそここに来てほしい。わたしは何度も真広の名前を呼んだ。雲ひとつない快晴の空に向かって、何度も叫んだ。川底に押し込められても、何度も何度も心のなかで呼びかけた。

真広、助けて！

顔に木の葉が張りつくのを感じながら、わたしは空を見上げた。それを濁流があざ笑うかのようにかすめ取ってきて、川の奥へ奥へと追いやられた。

息苦しくて、声も出なくて、何度も咳き込んでは真広の名前を呼んだ。

「まひろ……！」

けれど、真広は現れない。

次第に、身体の痛みと息苦しさがあいまって、意識が朦朧《もうろう》としてきた。視界までぼやけてくる。川のしぶきがきらきらと輝くとともに、頭のなかも揺らぎ出して、ついに水をかく手が止まった。

もう、だめかもしれない。

最後の息を吐き出すと、わたしはまぶたを閉じた。

「――紗絵！」

声が聞こえてはっと目を見開くと、わたしは力強い腕に抱きかかえられていた。

助けが来たのだと気づいて、その身体にしがみついた。髪が顔に張りついて、視界が遮られてうまく見えない。そのたくましい腕は川の流れに逆らって、あっという間に川岸へと泳ぎ着いた。

「大丈夫か！　しっかりしろ！」

川岸に押し上げられ、わたしは這《は》うように陸に上がった。綾音も一緒に押し上げられる。最後まで綾音とはぐれなかったことに安堵《あんど》した途端、口のなかに詰まった砂利や木の葉を感じてわたしは激しく咳き込んだ。

「紗絵、大丈夫か！」

川の水も飲んでいたようで、わたしはそれらを吐き出した。そんなわたしの背中を、大きな手のひらがさすってくれた。

「真広、ありがとう……」

真広が来てくれた。わたしは朦朧とするなか、助けてくれた人物に抱きついた。その人物は戸惑ったように一瞬身体を硬くしたけれど、すぐに抱き締め返してくれた。

そしてわたしは、その身体にさわれていることに気がついた。

「美上、大丈夫か？」

「……悠介？」

「間に合ってよかった」

ずぶ濡れになった身体に木の葉や小枝をくっつけたまま、悠介はわたしを見てほっと息をついた。

遠くから、救急車のサイレンが聞こえてくる。そして口々になにかを叫びながら、わたしたちに向かって人が集まってくる。川を流されるわたしたちに気づいた誰かが、迅速《じんそく》な対応を取ってくれたようだった。

「どうして……？」

どうして、わたしを助けたのは真広じゃないの？

「俺、今日は早退届出してたから、早く帰れたんだよ。それでこっちの道を運転してたら、喫茶店から飛び出していく美上とマスターに気がついたんだ」

わたしのつぶやきの意図がわからなかったのか、悠介はそう答えた。マスターと言われて、わたしはすぐそばで綾音に心臓マッサージをするマスターに気づいた。救急車も、彼が呼んでくれたに違いない。

「綾音……」

「美上が村中のことをずっと抱きかかえてくれてたからよかった。はぐれてたら、きっと浮かんでこれなかった」

的確なリズムを刻みながら綾音の胸を押し続けるマスターは、わたしたちの声など聞こえないほど真剣な表情で綾音を見つめている。いち、に、さん、と何度マッサージをしたか数えたのち、すぐに気道を確保して、綾音の鼻をふさいで息を吹き込んだ。それはお手本どおりの正確な心肺蘇生法《そせいほう》だった。

「綾音、しっかり」

その手を握りたくても、身体に力が入らなかった。気を失っていたとはいえ、綾音もそうとう水を飲んでしまったに違いない。救急隊員が駆けつけてくる足音は遠く、綾音の顔はどんどん血の気を失っていった。

「しっかりするんだ、綾音ちゃん！」

心臓マッサージを続けながら、マスターがそう声を上げる。聞いたこともないその大きな声に、はっきりと焦りの色が浮かんでいる。

「綾音、しっかりして」

わたしも、力を振り絞ってその手を握り締める。なんて皮肉なのだろう、ここだけあの小説と同じことが起きている。

『私』は、川べりで、想い人と初めて接吻《くちづけ》をするのだった。

マスターの人工呼吸に、綾音の胸が大きく上下する。ようやく救急隊員がたどり着いて、河川敷の砂利が激しく踏み鳴らされた。

救急隊員がそう呼びかけるのと、綾音の指先が動いたのは同時だった。

「大丈夫ですか！」

「うっ――」

かすかに息を漏らして、綾音が激しく咳き込み出した。飲み込んでいた川の水を吐き出し、自力で呼吸を再開したことに、マスターが背中をさすりながら胸をなで下ろした。

「よかった……」

綾音の無事を確かめた途端、わたしは身体の力が抜けて、そのまま悠介の腕のなかに倒れ込んでしまった。

「紗絵、大丈夫か？」

呼びかける悠介の声が、遠く聞こえる。ぐっしょりと濡れた服が身体に張りついて、鉛のように重い。

「紗絵！　しっかりしろ！」

わたしはそのまま、意識を失った。

○

一度は病院に担ぎ込まれたものの、検査の結果、わたしも綾音も大きなけがはなく、入院せずに家に帰ることができた。

その後、テスト期間は無事に終わった。綾音の出来がどうだったかはわからないが、川で溺れたアクシデントは少なからずテストに影響したことだろう。成績が悪かった生徒は夏休みの夏期講習に強制参加させられるというけれど、アクシデントが融通されるかどうかはわたしにはわからないことだった。

テスト期間が終わり、通常の授業が再開した金曜日。放課後に、わたしはまたリトル・グリーンを訪れていた。

カウンターに座るのは、わたしと綾音と悠介と、もう一人。学校で話すべきことだと思ったけれど、話し合いをするならこの店がいいと指定する人がいた。

それは塔子先生だった。

「美上先生、仙場先生、マスター。このたびは、本当にありがとうございました」

そう言って、塔子先生は深々と頭を下げた。大きなお腹が苦しそうで、わたしは慌てて「顔を上げてください」と言った。マスターはカウンターの向こうで、人数分の飲み物を用意してくれている。

ちょうど四人がけのカウンターは、村中母子を真ん中に、綾音の隣である右端にわたし、塔子先生の隣である左端に悠介が座った。店内も人がいなかったので、マスターもアルバイトの人を早めに帰らせ、店の扉に『ＣＬＯＳＥＤ』の札を下げていた。

　ジャズの流れる向こう側から、ささやき声のような雨音がかすかに聞こえてくる。

「二人とも、大きなけがなくてよかったです」

　そう言って、マスターはまずわたしと綾音の前にブレンドを置いた。いつものように、わたしはブラックのまま飲む。綾音もおそるおそるといった様子で、ミルクも砂糖も入れずにそのままで飲んだ。

　わたしも綾音も、すり傷や打撲はあれど、日常生活には問題のない程度のけがで済んだ。あの濁流のなか、二人が離れ離れにならずに無事助かったことを、病院では「奇跡だ」と言われた。

「仙場先生がちょうど通りかかってくれてよかったです。僕一人では二人のことは助けられなかった。仙場先生がいてくれなかったら、どうなっていたか」

　悠介の前に置かれたのは、ココアだった。彼はコーヒーがあまり得意ではなく、コーヒーもミルクの比率が多いものしか飲めない。藤先生の淹れてくれたコーヒーは、気を遣って飲んでいたのだ。焦げ茶色のわたしたちのものとは違って、そのココアにはかわいらしくマシュマロがのっていて、甘い香りがわたしの席にまで届いた。

「いつもなら学校でテストの準備をしているところだったんですが、あの日は大事な日だったので早退届を出していたんです。川沿いの道を運転したのも、ほかの先生たちに気を遣って帰り道を変えたからで。あの偶然がなければ、二人のことも助けられなかったです」

ココアに口をつけた悠介は、熱かったのか猫のように首を丸めた。なぜ彼があの場に駆けつけることができたのか、わたしも不思議で仕方なかった。その話を聞いて、塔子先生がしみじみとつぶやく。

「小さな偶然が積み重なって、奇跡が起きたみたいね。本当に、二人が無事でよかった……」

また、奇跡。わたしは唇がゆがみそうになるのをコーヒーを飲んでごまかした。確かにあれは奇跡だったのかもしれない。けれど、それを素直に受け入れられない自分がいた。

最後に、マスターは塔子先生の前にお茶を置いた。妊娠中なのでカフェインを避ける配慮からだろう。わたしがちらりとのぞくと、いつもプリンのアクセントに添えているハーブを使ってミントティーにしていた。

「綾音が病院に運ばれたって連絡が来たとき、血の気が引きました。もしものことがあったらどうしようって……」

お茶をひと口飲むと、ミントの爽やかさにすっきりしたのか、先生は胸を押さえながらほっと息をついた。

「マスター、いつも綾音がお世話になってます。そして、この場を貸していただいてありがとうございます」

「いいんですよ。綾音ちゃんはいつも店のために頑張ってくれてますからね」

綾音と話がしたいとわたしたちに相談してきたのは、塔子先生だった。

はじめは学校で話そうと思った。けれど、ほかの先生たちの目があることも塔子先生は気にしていた。今回の事故にはマスターも関わっていたので、マスターにもお礼がしたいと言っていた塔子先生のために、わたしはマスターに店で話し合いをしていいか相談した。マスターはあっさりと了承してくれて、そして綾音もマスターがいる喫茶店だからこそ、この四人が集まるのを受け入れてくれたのだった。

「綾音と一度ちゃんと話がしたいと思っていたのだけど、家でも全然話せなくなっちゃったから、美上先生と仙場先生にお願いしたの。呼び出してごめんね、綾音」

わたしと悠介が呼ばれるのは、学校の教師だからこそだ。わたしは養護教諭として生徒の心のケアをする立場にあるし、悠介は担任だから呼ばれても不思議ではない。生徒の家庭環境を気にかけることだって、わたしたちの大事な仕事だった。

「事故の話を聞いたとき、もっと早く綾音と話すべきだったと思いました。助かってよかったと安心したと同時に、ちゃんと綾音と話さなければと思ったんです。話せないまま綾音にもしものことがあったらと思うと、私……」

ミントティーのカップを握り締めながら、塔子先生は言葉を詰まらせた。そしてひと口飲んで唇を湿らせたあと、顔を上げて綾音をまっすぐに見た。彼女のその真剣な眼差しに、綾音は椅子の上で居心地悪そうに身じろぎをした。

「綾音を不安定にさせてしまったのは、私のせいよね。本当に、ごめんなさい」

綾音の気持ちの揺れ動きに、誰もがうすうす気づいていながらも、解決へと導くことができずにいた。

綾音が頭痛を訴えて保健室に来ることは、気圧のせいにしてもずいぶんと多いなと、わたしも悠介も思っていた。頻度が増していたのもわかっていた。だから学年団の先生たちと、こまめに綾音の様子を見ていようと話し合いをしていた。

綾音がアルバイトに精を出す理由にも、家に帰りたくないという思いがあったに違いない。想いを抱いているマスターと一緒にいられる時間も必然的に長くなる。だから綾音は、アルバイトで物理的に家から離れて、そしてマスターそっくりの人を登場人物とする物語に打ち込むようになった。アルバイトに、そして物語にのめり込むことで、現実から逃避するようになっていた。

だから、綾音はあの川にいた。塔子先生とギスギスした関係が続いて、逃げ出したくなって、物語の世界に身をゆだねた。想い人と結ばれるその瞬間を求めて、あの川にいたのだった。

「……べつに、塔子さんのせいじゃない」

うつむいたまま、綾音はぼそぼそとつぶやいた。川に流されたショックで、ひとまず小説への逃避からは抜け出せたようだった。

「あたしがあんなところにいたのが悪いの。塔子さんの身体が大事なときに、こんな問題起こしてごめんなさい。お腹の子が生まれるの、もうすぐだっていうのに」

「私、お腹の子だけが大事だなんて思ってないわ。決して」

綾音の耳に届くように、塔子先生は、はっきりとした口調でそう言った。

「綾音と初めて会ったとき、私は友達だと思ってくれたらいいって言ったわよね。でも私は最初からずっと、自分のかわいい娘だと思って接してきたわ。血のつながりとか、関係なくね」

「……嘘よ」

綾音は決して、塔子先生の目を見ようとしなかった。

「お腹のなかにいる子がいちばんかわいいに決まってるじゃない。最初に会ったとき、子供を作る予定はないって言ってたのに」

「そのことをうやむやにしていた私が悪かったわ。ちゃんと話しておくべきだった」

綾音と塔子先生は、はじめのうちはとても仲がよかったと、わたしは聞いていた。

けれど塔子先生の妊娠がわかってから、二人のあいだに溝ができてしまった。幸い学校では二人が顔を合わせないようにうまく産休に入れたけれど、実際二人は家で顔を合わせているのだ。わたしたちの手が届かないところで、いろいろなことがあったに違いない。塔子先生も、離婚して再婚してと、同僚の先生たちだって聞き出しにくい事情があった。いくら塔子先生がベテランの養護教諭だとしても、自分のことや綾音のことなどを、生徒に接するようにカウンセリングできるわけもない。

蓄音機のレコードが終わったので、マスターが新しいものに替えに行った。あくまでもさりげなく、カウンターから離れていく。その細かな気遣いにそっと頭を下げて、塔子先生は口を開いた。

「私と前の旦那さんとのあいだに子供がいたのは、初めて会ったときに話したわね」

それは、わたしも悠介も知っていた。わたしたちが小学校を卒業するころ、塔子先生は産休を取っていて学校にいなかったから。中学校に上がってしまったから、塔子先生のその後はわたしたちの耳には届いていなかった。

「その子ね、前の旦那さんのところにいるんじゃないの。死んじゃったのよ、小さいときに」

「え……」

わたしは思わず声を漏らした。

てっきり前の旦那さんのもとにいるのだと思っていた。悠介も知らなかったようで、驚きを隠せない表情でココアに口をつけている。綾音もうつむいていた顔を上げた。

「乳幼児突然死症候群っていってね。なんの前触れもなく、突然死んでしまったの。朝起きたらね、もう息をしてなかったの。あの日のことは、私、一生忘れないわ」

乳幼児突然死症候群。それはわたしもよく知っている言葉だった。

真広の死は、それとよく似ていた。先天的なのか、後天的なのか、なんらかの心疾患を彼は人知れず抱えていた。そしてあの日、わたしと同じ布団で眠った夜、真広の心臓は電池が切れた時計のように突然止まってしまったのだった。

あまりに突然のことに現実を受け入れることができなかったわたしに、乳幼児突然死症候群のことを教えてくれたのは塔子先生だった。あのとき塔子先生はきっと、自分の子供もまた同じ道をたどってしまうなんて思ってもいなかっただろう。

「昔ね、似たようなことで亡くなってしまった児童がいたの。そのとき、私、頑張ってその家族や児童たちの心のケアをしたわ。けどね、いざ自分の身にそれが起きてしまったら、どんなに自分にいろいろ言い聞かせてもだめなの。自分のことを責めちゃうのよ」

震えを抑えるように、塔子先生は強く手を握った。目に涙を浮かべてそのときのことを話す先生の気持ちが、痛いほどに伝わってくる。

どうしてあのとき気づかなかったのか、なにかしらのサインがあったに違いないのに。そう、自分を責めたに違いない。もし息をしていないことにもっと早く気づけていたら、もっと早く病院に連れていくことができたら——そうしたら、真広は死なずに済んだのではないだろうか。

わたしはそう自分を責めた。いまも、少なからずそう思っている。

「私があの子を殺してしまったんじゃないかって、ずっと思ってしまうの」

わたしも真広を殺してしまったと思っている。

「前の旦那さんとは、それが原因で別れてしまったの。お互い支え合うことができればよかったんだけど、だめだった。お互いがね、弱かったのよ」

真広の両親は、支え合うことができた。真幸という奇跡もまた、二人を支えたのだと思う。わたしのことを決して責めることはなかった。わたしの両親も誰も、真広の死をわたしのせいにはしなかった。それでもわたしは真広の死に関して、いまも自分を責めている。塔子先生はいちばん支えてくれるべき人にも、きっと責められていたのだろう。

「それからね、子供たちを見てるとどうしてもつらくなって、せめてあの子の年ごろから離れた高校で働けるように異動願を出したの。そして働いているうちに、綾音のお父さんと出会ったの。綾音のお父さんは私の子供のことも、全部知ってるわ。それを受け入れて結婚しようと言ってくれた。綾音のお母さんがいなくなってしまったこと、ずっと一人で家のことをやっていたこと、全部教えてくれた。母親がいないせいで、綾音には寂しい思いをたくさんさせてしまったって言ってた」

再婚の際、綾音ははたしてどこまで話を聞かされていたのだろう。綾音の表情から、それは読み取れない。再婚したのは彼女が中学生のときだ。思春期の難しいころに、できる話とできない話があると思う。父の心にも、綾音は気づかずにいたに違いない。

「綾音のお母さんになってほしい、って言われたの。だから私、綾音のお母さんになれるよう頑張ろうって思ったの。初めから受け入れてなんてもらえないだろうから、友達でもいいからって言ったけど、ずっと自分の実の娘だと思って接してきたつもりよ」

綾音の瞳は、塔子先生をただじっと見つめていた。瞬きひとつせず、食い入るように。しかしその瞳から感情を読み取ることはできなかった。彼女の心にはしっかりと鍵がかけられていて、その鍵を開けようとするわたしたちを拒んでいるようだった。

「あの子がもし生きていたら、ちょうど綾音と同じくらいの年ごろだったの。同じ女の子だったのよ。あの子が死んでしまったのは、もしかしたら、いつか私が綾音と巡り会うことを教えてくれたんじゃないかって、そんなことを思ったわ」

「……結局、あたしはその子の代わりなんじゃない」

「違うわ、違う。綾音をあの子の代わりになんて思っていない。綾音は綾音で……そして、この子はこの子よ」

大きなお腹を、塔子先生はなでた。

「本当に、子供を作る予定はなかったの。まさかこの年になってまた新しい命を授かるなんて思ってもいなかったし、この年になると出産のリスクも大きいしね。でも、新しい命がこのお腹に宿ったって知ったら……私、産みたいと思った。まさかまた自分が子供を身ごもるなんて、奇跡だと思った」

綾音は、そのお腹をじっと見つめた。彼女だって、日に日にお腹が大きくなっていく姿を見て生活していた。そのお腹に宿っている命の重さをとうに知っている。だからこそ、「いい年してみっともない」なんて言ってしまった自分に自分で傷ついていたのだ。

「綾音もこの子も、どっちも大事にしたいっていうのは私のエゴで、ろくに話もせず綾音に自分の気持ちを押しつけてしまった。綾音が怒るのも当然よね」

「…………」

黙り込んだ綾音に、塔子先生もなにも言えなくなった。重苦しい空気のなかで、わたしはそっと息をついた。

そしてふと、店の外にあるはずの雨音がやけに近く聞こえることに気づいた。

窓のそばにあるテーブル席を見る。窓はどこも閉め切っているはずなのに、雨の音がよく聞こえるのはおかしい。ランプの灯りが頼りないその席に目を凝らすと、テーブルの上に雨が降っていた。

マスターに雨漏りだと知らせようと思ったが、この空気のなかで伝えるのは難しい。ぽたぽたと一定のリズムを刻んで、しずくがテーブルを叩いている。テーブルの下まで濡れてしまっているだろうかと注視して、わたしは思わず声を上げそうになった。

そこには真広がいた。

テーブルの下に潜って、いったいなにをしているのか。真広はわたしが見ているということに気づいていないようだった。

「……紗絵ちゃん、どうかした？」

食い入るようにテーブルを見つめるわたしに、マスターが声をかける。すると、真広はあっという間に消えてしまった。

「マスター、あそこ雨漏りしてます」

「本当だ。床まで濡れてるね」

マスターが慌ててバケツと雑巾を持ってテーブルへと向かった。彼が動き出したことで、淀《よど》んでいた空気も動き出した気がする。アルバイトの条件反射なのか、綾音も素早くモップを持ってきた。わたしも立ち上がって、手伝いをする。

にわかに、雨漏り対策が始まる。屋根には上れないので雨漏りの箇所にバケツを置き、濡れたところを雑巾で拭くだけだったが、綾音もテーブルの下をのぞき込み、拭き残しがないかを念入りに確認していた。

「……綾音？　どうしたの？」

テーブルの下からなかなか出てこようとしない綾音に、わたしは声をかけた。

「……万年筆が、あった」

わたしが手を差し出すと、彼女は手を握り締めたまま立ち上がった。

「あたしがなくした万年筆があったの」

震える手で握り締めていたのは、錆の浮いた、赤銅色の万年筆だった。

「どんなに探しても見つからなかったのに、奥の隙間に転がってた。こんなところにあったなんて……」

「万年筆って、前に話してたやつ？　綾音、とりあえず座りなよ」

うながされるままに、綾音はカウンターに戻った。話が中断されて、塔子先生と悠介が戸惑っている。綾音は放心したように手のなかの万年筆を見つめ、そして、その大きな両の目からぽろぽろと涙をこぼした。

「綾音、どうしたの？」

様子のおかしい綾音に戸惑いながらも、わたしはハンカチを差し出した。彼女自身もどうしていいかわからないようで、首を傾げながら涙を拭った。

「……あたし、初めてこの店に来たとき、お母さんのところに行こうとしてたんです」

綾音は万年筆を握り締めながら、少しずつ話し始めた。

「高校の入学式前で、家にいるのが嫌で。全然覚えてないけどお母さんのところに行こうとして、でも住所もなにも知らなくて。逃げるように町を徘徊《はいかい》してるときに、たまたまこの店に入ったんです。気分転換にこの席でいつもの小説を書いていて……。でもその日は、家に帰りたくないって思うばっかりで、なかなか書き進めることができなかった」

涙はまだ止まらず、彼女はしゃくり上げるように話す。塔子先生も悠介も、黙ってその話に耳を傾けていた。

「ちょうど店が暇なときだったみたいで。マスターが、サービスでプリンを出してくれたんです」

それが、マスターと綾音の出会いだった。

「あたしの書く物語に出てくる喫茶店にこのお店がそっくりで。それであたし、この店で働きたいと思って、マスターにかけ合ったんです。高校生のバイトは滅多にとらないって言われて、でもあたし、どうしてもここで働きたくて」

きっと悠介や塔子先生は、家にいたくないからアルバイトを始めたと思っただろう。けれどわたしにはわかる。綾音が物語に出てくるのとそっくりだと言ったのは、この店ではなく、マスターがだ。

綾音の物語に出てくる『私』の想い人への恋心は、読んでいればよくわかる。綾音は主人公に自分を投影させて、まるで自分が戦前の時代に生きていたかのような物語を書いていた。

その想い人が、突然目の前に現れた。そのとき、雷に打たれたかのような激しい衝撃が綾音を襲ったことだろう。

「マスターがアルバイトとして雇ってくれるって言ってくれて、あたし舞い上がっちゃって、いつの間にか万年筆をなくしちゃったんです。それからずっと、見つからなくて。店のなかも何回も探したはずだったのに……」

綾音は涙を流しながら続ける。

「この万年筆があると、物語が進むんです。自分の思うように、言葉が出てくるんです。これをなくしてから、あたしずっと、自分の気持ちが言えなくて」

万年筆をお守りのように胸に抱きながら、綾音は塔子先生を見た。涙の止まらないその瞳の色が確かに変わったことに、わたしたちは気づいた。

「塔子さんは、悪くない。あたしが子供なだけ」

そして綾音は、おそるおそる塔子先生のお腹に手を伸ばした。

「自分に弟か妹ができるって聞いて、確かにびっくりした。でも、うれしいとも思ったの」

きっといままで、家でも触れられたことがなかったのだろう。塔子先生はとても驚いたようで、その表情を見て綾音は手を引っ込めようとした。けれど塔子先生は彼女の手を取り、万年筆ごとそっと自分のお腹に導いた。

「あたし……お腹の子に焼きもちやいてたの。せっかく塔子さんと仲良くなれたのに、子供が生まれたらきっとその子のことばっかりかわいがるんじゃないかって。でも、そんなこと恥ずかしくて言えなくて、それで……あのときひどいこと言ってしまって、ごめんなさい」

「綾音……」

塔子先生は涙を拭くこともせず、いとおしそうに綾音の手と自分のお腹に手を添えていた。

「あたし、塔子さんのこと、お母さんだと思っていいの？」

「そんなの、当たり前じゃない……」

「お腹の子の、お姉ちゃんになっていいの？」

「いいに決まってるじゃない」

お腹の上に、塔子先生はいくつも涙をこぼす。わたしもそれにつられてしまい、こっそりと涙のにじむ目尻を拭った。悠介はこらえ切れなかったのか、鼻の頭を真っ赤にしながらまたココアを飲んでいた。

もう大丈夫だ。わたしも悠介も、目でそう言い合う。ようやく、綾音が自分の気持ちを素直に話してくれた。思いがけず見つかった万年筆が、彼女の心の鍵を開けてくれた。

真広の姿は、もうどこにもない。彼の姿を見たのもほんの一瞬のことだった。けれどわたしにはわかる。真広が、奇跡を起こしてくれたに違いない。

なくしたものが見つかる、小さな奇跡。けれどその奇跡が、母子の関係に明るい未来を与えてくれた。

「これ、よかったらどうぞ。フォーチュン・クッキーです」

マスターが戻ってきて、みんなの前にクッキーを置いた。

「僕のフォーチュン・クッキーは、大人は現在の占いで、子供は未来の占いです」

鼻をすすりながら、綾音がクッキーを割った。塔子先生もまた、自分のクッキーを割る。カウンターにクッキーの割れる小気味よい音が響いた。

「マスター、これ、わざと入れたでしょう」

そう言って笑ったのは塔子先生だった。塔子先生の紙には、『安産』と書かれていた。

「いーえ、僕はそんなこと決してしません。これは塔子先生自身の占いで、そして、安産間違いなしです」

胸を張ってマスターは言う。そして、自分の紙を読む綾音にウインクをした。

「あたしの、『新しい未来との出会い』って書いてある。マスターこれやっぱりわざと入れたでしょう?」

「断じて、違います。綾音ちゃんはまだ子供だから、それは未来への占いです」

「あたしのこと子供扱いした!」

「高校生はどう考えても子供です」

涙で赤くなった目で、綾音は笑う。自然な笑顔だった。

きっと、彼女の頭痛はこれから減っていくのだろう。その笑顔を見ながら、わたしはそう思った。

三　雨の日の奇跡

リトル・グリーンを出ると、雨はまだ降っていた。川沿いの道は暗く、外灯が等間隔に並んで道を照らしている。河川敷は暗くて見えづらいが、川の流れはすっかり落ち着いて静かな水音が聞こえるだけだった。

低気圧の残り雲だろうか、雨脚もそこそこに強い。マスターが貸してくれた傘で、綾音と塔子先生は二人仲良く相合傘で帰っていった。

わたしは折り畳み傘を携帯していた。鞄に常時入れておけるタイプのもので、神社でのことを反省して持ち歩いていた。小さくて軽い分、強度は弱い。風が強いと不安だが、通り雨だからそんなに荒れることもないだろう。

カウンターから見送ってくれたマスターに手を振り、わたしは傘を開こうと金具に手をかけた。途端、背後から車のライトとともにクラクションを鳴らされた。悠介だった。

「送ってく。乗って」

った。

いつものように、わたしは断った。けれど今日の悠介は、それでは引き下がらなかった。

「村中の担任として、美上先生とちょっと話がしたいんだけど」

そう言われたら、わたしも断りの言葉が見つからなくなってしまう。運転席から身体を伸ばして、悠介は助手席のドアを開けた。

「俺、雨の日の運転苦手なんだ。お願いだから、乗って」

「……わかった。お願いします」

わたしが乗り込むと、悠介はシートベルトを締める前にアクセルを踏んだ。座席の上でバランスを崩すわたしに、彼がごめんと謝る。薄暗い車のなか、乱暴な運転をするその顔は、心なしか青ざめているように見えた。

「村中と塔子先生のこと、ひとまず落ち着いたと思っていいんだよな？」

「たぶん、ね。実際に子供が生まれたらまたなにかあるかもしれないけど、そのときはまたわたしたちが動けばいいんだと思う」

「なんていうか、ほんと、いまの子は自分から動こうとしないな。俺たち大人が場所を作ってあげないといけないなんて……このまま大人になったらどうなるんだろう」

先を歩く村中母子に気づき、悠介は水しぶきがかからないようアクセルを緩めた。

わたしがサイドミラーを見ると、綾音は悠介の車だとわかって手を振ってくれた。塔子先生もお辞儀をしている。

「高校生ってまだまだ難しい年ごろだからさ、仕方ないのかなって思うよ。無駄に繊細だったり、無駄に攻撃的だったり、無駄に自尊心が高かったりするじゃない。でも、卒業したころからそういうのは落ち着いていくものだし、他人との関わり方も変わってくるし、わたしたちは解決する場を与えることでこういうふうに動けばいいんだって教えればいいのかなって、そう思うようにしてる」

雨の勢いは強く、フロントガラスを叩く雨粒は大きかった。ワイパーの動きも速く、外灯の光と車のライトが道路を照らしてかなり見えづらい。雨の日の運転は、わたしも得意ではない。反射したライトの光で目がチカチカしてしまうのだ。

「ほんと、美上がいてくれてよかった。俺一人じゃ塔子先生と村中を呼び出すことはできなかったと思うから」

「べつに、わたしじゃなくてもできたと思うよ。ほかの学年団の先生たちも協力してくれたんだし、週明けにちゃんと報告しないとね」

「いや、なんていうかさ。やっぱり俺もほかの先生たちも、塔子先生とは一緒に働いていたわけだから、なんかいろいろ気を遣っちゃったんだよ。村中だってそれがわかってるから、下手に相談すれば塔子先生の耳に入ってしまうと思って言えないこともあったんだと思うし。美上はちょうど塔子先生と入れ違いで学校に来たから、村中も懐きやすかったんだと思う」

加えて、わたしは綾音のアルバイト先の常連客だった。綾音の小説のことを知っているのもわたしだけ。臨時採用というあやふやな立場だからこそ、今回は生徒と深く関われたのかもしれない。

「もう、身体は大丈夫か？」

「うん、平気」

川でのことは、学校であっという間に広がった。いろいろ詮索する生徒が多かったけれど、あくまでも事故だとしている。実際、あれは事故だった。綾音は身投げしようとして川に入ったわけではないのだから。

綾音を助けるにあたって、わたしと悠介が現場にいたのも生徒たちは知っている。やっぱり美上先生と仙場先生はできているのではないかといろいろ噂されているけれど、それはもう放っておくしかない。わたしを助けたことで、仙場先生の株はさらに上がった。

学校には村中母子の話し合いの場を設けることも伝えていた。結果を学校に報告しなければならないが、はたして塔子先生のことはどこまで話したらいいのか、それは悠介に任せようと思う。

「けがは、ひどいのか？」

「ううん、全然。こないだの捻挫《ねんざ》と一緒で、湿布がはがれないようにしてるだけ」

階段落ちで痛めた手首がよくなったと思ったら、今度は川底でぶつけた打撲であちこち絆創膏や包帯だらけだった。顔にけががなかったのが幸いで、スーツもパンツスタイルや色の濃いストッキングを履けば足の打撲はわからない。ブラウスも暑さを我慢して長袖だ。わたしのけがを見て、綾音に余計な感情を持ってほしくなかった。

悠介の視線が手首からのぞく包帯に注がれているのに気づき、わたしはわざと手を動かしてみせた。彼もまた、包帯を見て悲しそうな表情をした。わたしのけがに責任を感じる必要なんてまったくないというのに。

「俺がもっと早く、村中の異変に気づいていればよかった。そうしたら、あんなことにはならずに済んだ」

「そんなことないよ。むしろ悠介が通りかかってくれなかったら、助けが間に合わなくて、わたしも綾音もあそこで死んでたかもしれないもん」

「駆けつけたとき、美上、けっこうやばかっただろ。なんか変なこといろいろ言って……すごい心配した」

ハンドルを握る悠介の手が、ラジオの音量を少しだけ下げる。わたしは雨の視界に目を凝らす悠介が、いつもと様子が違うことに気がついた。

「……悠介？」

川沿いの道は、夜になれば人通りが少なくなる。けれど悠介は、眉間に皺を寄せてしっかりと前を見ている。よそ見されるよりはいいけれど、そこまで怖い顔をして運転する必要もないはずだ。

「美上が無事で本当によかった」

「助けてくれてありがとう」

にこりと微笑んでみたが、悠介はわたしを見ていない。ときおり一時停止の標識に合わせてブレーキを踏んでは、なにか言おうと唇を開く。けれど言葉が出なくて、唇を噛《か》みながらアクセルを踏むのを何度も繰り返していた。

彼がようやく話し始めたのは、川沿いの道を抜け、わたしの家のある住宅街に入ったころだった。

「美上が死んだらどうしようかと思った。俺、美上ともっと話したいこともあったし、言いたいこともたくさんあったんだ」

ぽつりぽつりとつぶやきながら、悠介は乾いた唇を舌で湿らせた。ハンドルを握る手には力が込められ、差し込む外灯の光を浴びる横顔は、やっぱり顔色が悪い。

「あの日はさ、命日だったんだよ。だから墓参りのために早く帰ったんだ」

ひとつ大きな深呼吸をして、悠介は早口に言った。

「美上が川にのみ込まれて姿が見えなくなったとき、俺、言えなかったことを後悔したんだ。俺の腕のなかで倒れたとき、いつまでも言えずにいるよりちゃんと言おうと思ったんだ……塔子先生みたいに、ちゃんと」

「……悠介？」

わたしの家に着く前に、悠介は路肩に車を停《と》め、言った。

「俺、紗絵のことが好きだ」

突然の告白に、わたしは息を呑《の》み込んだ。車の屋根を叩く雨粒の音が聞こえる。

悠介もそれ以上なにも言わず、ただわたしを見つめていた。ラジオから流れてくるのは、誰かがリクエストしたであろう洋楽だった。

悠介とは小学校からの腐れ縁だと思っていた。ただの仲のいい友達だと思っていた。けれど、悠介は違った。

「……わたし、好きな人がいるから」

ようやく口を開く。その視線を振りほどこうとしても、彼はこちらを見つめたまま目を逸らそうとしなかった。距離を開けようと身を引いたが、ここは車のなかだ。わたしはあっさりと、悠介に手をつかまれた。

「真広のことが好きなのか？」

まるで尋問のようだ。わたしはもう片方の手でつながれた手を引き離そうとしたけれど、彼の指はぴくともしなかった。

「俺が助けに行ったとき、紗絵、真広の名前を何度も呼んでた。俺のことを真広だと思って抱きついてきた」

川での記憶が、わたしの頭に蘇《よみがえ》る。息ができなくて、苦しくて、必死に名前を呼んだのに来てくれなかった真広。

「真広が死んだのは十年以上も前のことだろ。なのに紗絵、まだ忘れられないのか？」

悠介はきっと知っていた。幼なじみのわたしと真広が、お互いに想い合っていたことを。

「真広が好きだっていうなら、俺、紗絵のこと諦めない」

そう言って、悠介はわたしを引き寄せようとする。抱き締められそうになるのを、わたしは必死に抵抗した。

「真広はもういないんだ。いつまでも過去にばっかりとらわれてないで、先のこと見ていかなきゃ」

「……やめて」

「昔から紗絵は、いつも遠いところばっかり見てた。いまのことなんてどうでもいいみたいだった」

「やめてよ」

「過去ばっかり見てないで、ちゃんといまを見ろよ」

「やめて！」

どんなに力を込めても、悠介の手は振りほどけない。

「紗絵、真広は死んだんだ！」

「でもいつかまた、一緒にいられるようになるかもしれない！」

「そんなことは、一生起こりえないことなんだ！」

怒鳴り声にも似た悠介の声の大きさに、わたしは身をすくめた。けれど彼はそれには気づかず、痛いほどにわたしの手首を握り締めてくる。

「俺の家族が誰も戻ってこないように、真広ももう、戻ってこないんだよ！」

そのときふいに、路地からほかの車が出てきた。車のライトに照らされて、悠介の顔がはっきりと見える。その顔は青白く、そして目には涙が浮かんでいた。

その顔を見て、わたしは悠介が雨の日の運転が苦手だと言った理由にようやく気づいた。

「俺の家族がみんな死んだように。真広も、死んだんだよ……」

悠介は中学三年生のとき、交通事故で家族全員を亡くしていた。

「そんな奇跡みたいなこと、絶対、起きないんだよ」

それは、雨の日だった。家族で出かけた際に、悠介の父親が運転していた車に居眠り運転のトラックが突っ込んできたのだった。追突の衝撃と雨の路面で滑った車は、そのまま押し潰されるように、電信柱とトラックのあいだに挟まれたのだという。

車が完全にひしゃげてしまうほどの事故のなか、悠介一人が生き残った。一人だけシートベルトをしていなかったため、最初の衝突で車外に放り出され、奇跡的に生き残ることができたのだ。

悠介と高校が違うのはそのせいだ。彼は事故のあと、親戚に引き取られて転校してしまった。引っ越したあとのことを知らぬまま、わたしは彼と再会した。

「塔子先生が今回のことで、たまたま俺が川のそばを通りかかったことを奇跡だって言ったんだ。でも俺、奇跡って言葉が大嫌いなんだ」

「…………」

「交通事故で生き残ったとき、俺、奇跡だって言われた。君が生き残ったのは奇跡だって。けど、俺はその奇跡のせいで一人ぼっちになったんだ」

雨脚が次第に強くなっていく。ラジオの音がかき消されるほど、フロントガラスを雨粒が叩く。雨に閉じ込められた車という密室のなか、悠介はいつも懸命に、事故の記憶と闘っていたのだ。

「あんなの、奇跡って言わない。俺が欲しかった奇跡は、俺一人が生き残る奇跡じゃなくて、みんな無事だったたっていう奇跡だ」

ぽたぽたと、うつむく彼の瞳から涙がこぼれる。スーツの上に、雨が降り注ぐ。雨を見るたびに、わたしは真広を思い出す。悠介もこうやって、雨が降ると家族のことを思い出しているのだった。

「真広のことを忘れられないっていう紗絵の気持ちはわかってるつもりだ。でも、真広は死んだんだよ。死んだ人は、決して帰ってこないんだよ……」

悠介の手が離れる。血の流れまで遮られていたのか、途端、冷え切っていた指先が温まっていくのを感じた。

「……ごめん、悠介」

わたしはその手で助手席のドアを開けた。

「送ってくれて、ありがとう。また、来週ね」

そう言って、わたしは車から降りた。ドアを閉めても、悠介はわたしを追いかけてこようとはしなかった。

わたしは雨のなか、傘もささずに自分の家に向かって走り出した。一刻も早く、悠介のもとから離れたかった。

涙がにじんで、前がよく見えない。それでも、夜道を走った。

悠介の言葉が、耳から離れない。

『真広は死んだんだ』

そんなこと、言われなくてもわかってる。

わたしの前には、わたしと同じ二十五歳の真広が現れる。小学生のままではなく、ちゃんと大人になって。キセキとしてみんなに小さな幸せを与えて、未来へと導く、そんな仕事をしている。

けれど、真広の姿はほかの人には見えない。その身体に、触れることなんてできない。

真広はわたしの目にしか映らない。

「まひろ……」

わたしはときどき思ってしまう。真広はわたしが作り出した幻なのではないかと。キセキというものも、わたしの空想なのではないかと。

真広がいまもわたしたちのそばにいるなんて、誰も知らない。

みんなが知っていることはひとつ。逢田真広は十五年前に死んでしまったということ。真広の存在は、みんなのなかでもう過去になってしまっているということ。

涙が止まらなくて、わたしは泣きながら走った。涙を拭うこともせず、わたしはぐしゃぐしゃの顔のまま家路を急いだ。

いつも思う。真広がここにいてくれたらと。中学校も、高校も、ずっと一緒だったら。同じ学校に通って、同じ制服を着て、一緒に高校生活を送っていたとしたら。みんなと同じように、部活のことや成績のことや進路のことで悩みを相談し合えたら。高校を卒業して、それぞれの道を歩んで、それでもお互いのことを大事にできたら。お互いの仕事で忙しくなっても、それでも少しだけでも会うことができていたら。

わたしにはこれから、何十年先の未来がある。

けれどその未来に、真広との将来はない。

小さいころの夢、それは真広のお嫁さん。本当に幼い夢だった。それほど、わたしは真広のことが大好きだった。

真広とずっと一緒にいられると思っていた。

「真広、なんで死んじゃったのよ……」

悠介に強くつかまれた手首よりも、胸のほうが何倍も痛かった。

家に帰ると、びしょ濡れのわたしに驚いた母がタオルを持ってきてくれた。お風呂に入りなさい、温かいものを飲みなさい、そんな言葉を全部無視して、わたしは自分の部屋へと走った。雨に濡れたおかげで、泣いていたことには気づかれなかった。

部屋の窓を開け放って、風を入れる。風と一緒に雨が入ってきて、カーテンが濡れる。絨毯まで濡れたけれど、わたしは窓を閉めなかった。

ぐっしょりと肌に張りつくスーツを脱ぎ捨て、ブラウスのボタンに手をかける。夏とはいえ、こうも濡れてしまっては服に体温を奪われてしまう。ブラウス、キャミソールと脱ぎ捨てて、スカートのジッパーに手をかける。

「……紗絵？」

わたしがスカートを脱いだのと、真広が部屋に現れたのは、同時だった。

「あ、ごめん」

「いいよ」

慌てて背中を向ける真広に、わたしは短くそう告げた。半裸の状態を見られたというのにかわいらしく叫ぶこともなく、わたしはベッドで使っていたタオルケットを身体に巻きつけた。

「いいよ、こっち向いて」

「……どうしたんだよ、そんな格好で」

「傘さすの、面倒臭かったから。そんなに濡れないと思ってたら、急に激しく降ってきたからびしょびしょになっちゃった」

髪から滴《したた》る雨を、わたしはタオルケットで拭う。真広は部屋のなかに入ってくる雨を見て、外から来たというのにまったく濡れていない自分の身体を見下ろしていた。

「シャワー、浴びてこいよ。風邪ひくぞ」

「いい。浴びてるあいだに雨がやんだら、真広、いなくなっちゃうでしょ」

ベッドに腰かけて、わたしは張りつくストッキングを脱いだ。うまく脱げずに悪戦苦闘しているわたしに、真広は目のやり場に困っているようだった。

「そんなところに立ってないで、座りなよ。今日もお仕事お疲れさま」

「紗絵も、お疲れ」

いつもより離れ気味に、真広はわたしの隣に腰かけた。いつもはべったりくっついてくるというのに、わたしの裸同然の格好に戸惑っているようだ。

「帰ってくるの、遅かったな」

「ちょっとね。塔子先生のことでいろいろあってさ。今日、真広、リトル・グリーンに来たでしょう？」

「……ちょっとな」

真広の憧れの先生、塔子先生について、どこまで話していいのだろう。塔子先生の抱える事情は、そう簡単に人に話していいものではない。真広にキセキの守秘義務があるように、わたしにだって話せないことがある。

「学校のことで、塔子先生とその娘さんと、わたしと悠介の四人でリトル・グリーンでお茶してたの」

「悠介も？」

「そうだよ、気づかなかった？　悠介、塔子先生の娘さんの担任なの」

なぜわざわざ悠介の名前を口にしたのか。ついさっきのことが、ありありと頭のなかで蘇る。ずっとつかまれていた手首は、打撲したところのように、じんじんと痛みがくすぶっていた。

真広はわたしが悠介と同じ学校で働いていることを知っている。生前、真広は悠介と仲がよかった。同じサッカー少年団に入っていて、喧嘩しながらも練習に通っていた。塔子先生も悠介もわたしと同じように年を重ねて、それぞれの人生を歩んでいた。

真広だって、二十五歳だ。けれど、ほかの人たちの真広の記憶は、十歳の夏休みで止まっている。だから真広は、かつての知り合いの話をすると少しだけ寂しそうな顔をして笑うのだった。

「……紗絵、悠介と付き合ってるのか？」

「まさか」

言って、わたしは気づいた。

「もしかして、帰り道の、見てたの？」

「少しだけ。車で帰ってきたはずなのに、なんでそんなにびしょ濡れなんだろうって思って」

わたしが知らないところで、真広はこうやってわたしのことを見ている。それは不公平だと思う。会話の内容は聞かれていないだろうけれど、真広はわたしと悠介が同じ車に乗っているところを見ていたのだ。

「こないだの川でのこと、話してただけよ」

わたしは、どうして真広が助けに来てくれなかったのかを聞けずにいた。

真広は川の事故を知ってたの？

どうしてわたしを助けてくれなかったの？

それを聞ければ、このもやもやも少しは解消されるかもしれない。なにせあの日は晴れだった。真広が降りてこられるわけもない。それが理由だとすれば、わたしも少しは納得できる。

「悠介、なにか言ってたか？」

「なにを？」

話が読めなくて、わたしは首を傾げた。身体が冷えてきたので、ベッドの布団を引っ張って身体に巻きつける。

「雨の日だから、自分が昔遭った事故のこと、思い出してるのかなって思って」

「……もしかして、それに真広が関わっていたりするの？」

それに真広は否定も肯定もしなかった。

けれど、その無言でわかる。悠介の事故は真広の死後に起きたことで、そして雨の日だった。雨の日にこちらに降りてくる真広が、その事故に関わっていたとしてもまったく不思議ではない。

「真広はどうしてキセキになろうと思ったの？」

「起こしたい奇跡があるから」

わたしの質問に、真広は間髪を容れずにそう答えた。蛍光灯の光を浴びて、色を抜いた髪がきらきらと光る。耳についた自分の鑑札にさわりながら、彼は窓の向こうで降り続ける雨を見つめていた。

「でもたまに、奇跡を起こすことがつらくなることもある」

膝を抱えて、真広は丸くなった。わたしが手を伸ばしても、その猫のような背中にさわることはできない。

「……あの日おれは、奇跡を起こせてよかったと思ったんだ。事故を起こしてしまう車から、大事な友達を助けたかった。だから奇跡を起こした。友達は助かったけど……でも、喜んではもらえなかった」

やはり悠介の奇跡は、真広が起こした奇跡だったのだ。雨の日、スリップした車のなかから、真広は悠介を助けた。悠介は奇跡的に助かった。一家全員、車のなかで押し潰されていたかもしれないのに、一人だけ車から投げ出されるというかたちで助かった。

路面が雨で濡れていたから、衝突の瞬間、車が路面をスリップした。そのときに、悠介だけが車外に投げ出された。雨が降っていなければ、きっと彼もろともトラックに押し潰されていただろう。命に関わったのが間接的であったため、真広も消えずに済んだということか。

「奇跡を起こしてもさ、喜ばれるどころか、恨まれることだって多いんだ。奇跡が起きることで、犠牲になることだってたくさんある。電車一本遅らせただけで、恩師と偶然再会できたっていう人もいれば、電車が遅れて大事な会議に間に合わなかった人だっている。離れ離れになっていた家族を再会させたとしても、じつは会わせないようにと頑張っていた人たちがいたのであれば、その人たちのいままでの努力は水の泡になってしまう」

キセキは万能ではない、と真広は言った。

「悠介はきっと、おれのこと許してくれないだろうな……」

わたしは真広の頭をそっとなでてみる。触れることはできないけれど、彼は自分にかざされた手に気づいたようで、うつむいていた顔を上げた。その顔は、親に叱られて半べそをかいていた子供のころの真広そのものだった。

「……紗絵？」

そして、わたしの手首に残った赤黒い痣《あざ》に気づいた。それは、悠介の指の痕だった。

「あ……」

どうりで痛いと思った。ただでさえ階段落ちや川底にぶつけて痛めていたところだ。指の痕がはっきりわかるわけではないけれど、真広はそれを見て顔色を変えた。

「紗絵」

いったいどうやったのか。わたしは、真広に押し倒されていた。

「真広……？」

雨の水だと、わたしはすぐに気づいた。乾いていない髪には、雨水が染み込んでいる。真広がそれを使ってわたしにさわったのだと、鈍く痛む頭が物語っていた。

ほかにやりようがないからって、ずいぶん乱暴な押し倒し方だ。そう抗議しようとして、わたしは見下ろしてくる彼の鋭い眼差しに恐怖を感じた。

「まひろ？」

名前を呼んでも、なにも言わない。馬乗りになってわたしを見下ろしている。突き飛ばそうとした手は簡単に彼の身体をすり抜け、わたしはその瞳に射すくめられたまま逃げることができなかった。

逆光で、その表情はよくわからない。

「……いやだ」

「いや？」

「いやだ。いやだ」

癇癪《かんしゃく》を起こした子供のように、真広は繰り返した。そして噛みつくかのように、わたしの肩口に顔をうずめた。

「悠介なんかに、紗絵はやらない」

そう言って、真広はわたしの髪に触れた。かろうじて残る雨越しに、わたしにさわった。身体に負担がかかっているようで、彼は少しつらそうに呼吸をしていた。髪を引かれて、ぴりっと痛みが走る。

わたしはおそるおそる、真広の頭をなでた。

「真広、大丈夫だよ」

車のなかでのことを、真広はなにか感じ取っていたのかもしれない。そうでもなければ、真広はこんなことしない。おもちゃを取られそうになった子供みたいに、暴れたりなんてしない。

「真広、大丈夫」

わたしに覆いかぶさる姿は、駄々をこねる子供そのものだった。

「悠介とは、なにもないから。わたしは、悠介のものにはならないから」

だから、大丈夫。何度も言い聞かせるうちに、真広の身体から力が抜けていく。そっと顔をのぞき込むと、険しい眉間の皺は消えつつあった。

「……怒ってると思った」

「いきなり押し倒されたら、誰だって怒るわよ。髪を引っ張るなんて、乱暴すぎる」

「そうじゃない」

真広の指先が、手首の痣をなでる。肌をすり抜けてしまわないよう、そっと、いたわるように触れてくる。けれどその感触はなく、彼が力を使っていないことがわかる。

「川でのこと、助けに行かなかったの、怒ってると思った」

「……それならすっごい怒ってるわよ」

なぜこのタイミングでその話を持ち出すのか。わたしは真広をなでていた手を離した。

「わたしが川に落ちたの、知ってたの？」

「知ってた」

たどたどしい口調は、怒られた子供のようだ。大人になったと思っていたのに、真広はやっぱり、まだまだ子供だった。

わたしと同じで、身体ばかりが先に大きくなる。年ばかり取ってしまう。けれど、それに中身が追いついていない。大人になっても中身はまだまだ子供な、このアンバランスな状態から、わたしたちはいつになったら卒業することができるのだろう。

「わたしが川に落ちて流されるって、真広、知ってたの？」

「知ってた。でも、紗絵が助かるのも知ってたから、おれは助けに行けなかった」

「そんなの言い訳じゃない」

今度は、わたしが真広をにらみ上げる番だった。

「わたし、何度も真広のこと呼んだのよ？　それを黙って見てたっていうの？」

「あのときは雨が降ってなかったから、おれは行けなかったんだ。おれだって助けに行きたかった。でも、できなかった」

「もしわたしに助けが来なかったら、どうするつもりだったの？」

「紗絵は助かるっていう未来が見えてた」

「だから助けに来てくれなかったの？」

あのときのことを知らないと言われたほうが、よっぽどましだった。

「わたしのこと、守ってくれるんじゃなかったの？」

「あの事故に、奇跡はいらなかったんだ」

奇跡。その言葉に、わたしは自分のなかでなにかが切れるのを感じた。

「奇跡、奇跡って、真広はいつもそればっかり！」

言ってはいけない。頭のなかではわかっている。けれど、口が勝手にしゃべるのを止められなかった。

「奇跡がなんなの？　真広は奇跡しか起こせないの？　わたしが死にそうになってる

とき、ただ見てることしかできないそんなのが奇跡なの？」

真広の顔からみるみる血の気が引いていく。やめろと、わたしは自分の太ももをつねった。けれど口は止まってくれなかった。

真広は助けてくれなかった。

いつもわたしのそばにいるはずの人が、いちばん大事なときに来てくれなかった。うすうすは気づいていた。それを知りたくなかった。知るのが怖かった。

「奇跡なんて起きないじゃない！」

「起きてるよ」

そこだけは引かない真広に、わたしは目に涙を浮かべて叫んだ。

「そんな奇跡の安売り、いらない！」

両方の目からぼろぼろと涙をこぼしながら、わたしは自分を抑えることができず、大声を出していた。

「わたしがいちばん起きてほしい奇跡は、真広が普通の人に戻って、一緒に生きていくことなのよ！」

それはもっとも不可能なことだった。真広はもう、普通の人には戻れない。生き返ることなんてできない。

わたしの望む奇跡は、決して起きない。

悠介は、その現実を受け止めている。受け止める強さがある。だからわたしに、現実を見るように諭す。奇跡なんてものは起きないのだから、現実から逃げないで、それにしっかりと向き合うようにと。

けれどわたしは、目の前にいる真広から卒業することなんてできない。

「……おれには、こうすることしかできなかったんだよ」

わたしに覆いかぶさっていた身体を離して、真広は消えそうな声でそうつぶやいた。

「おれだって、キセキなんかじゃなくて、生身の人間として紗絵のそばにいたかった。でも、こうしないと紗絵のそばにいられなかったんだ」

両手で自分の顔を押さえて、真広はうなだれる。泣いているわけではない。何度もかぶりを振って、自分に言い聞かせるように口を開く。

「死にたくなんて、なかった。おれだって、小学校を卒業して、中学校に通って、高校にも行って、進路のことで悩んでみたかった。成人式に友達と再会して、ばかみたいに騒ぎながら飲みに行ってみたかった。二十歳になったら、ちゃんと父さんと母さんに育ててもらったお礼を言ってさ、真幸と一緒にサッカーがしてみたかった」

わたしが真広の死後十五年間に経験したことを、真広はなにひとつ経験しないままいまに至った。わたしが何度も制服姿の真広を想像したように、彼だって制服のネクタイを締める自分を想像したに違いない。大人になって、両親と一緒にお酒を飲む日を夢見ていたに違いない。

「悠介だって、自分だけ生き残らなければよかったなんて言うけどさ。でも、あいつは生きてるんだ。紗絵のように、生きてるんだよ」

「真広……」

「あいつは、紗絵にさわれるんだ。でも、おれはさわれないんだ。目の前で、こんな裸みたいな格好をしてるっていうのに、おれは紗絵を抱くこともできない。さわることもできずに、そばにいることしかできないって、なんだよ、中坊《ちゅうぼう》みたいじゃんか……」

わたしの身体が成長したように、真広の身体だって大人になっている。わたしの胸が膨らみ、生理が始まったように、真広だって自分に成長があったはずだ。声が低くなった。背が伸びた。筋肉がついた。それ以外にも、大人になるための成長はたくさんある。わたしはもう二十代も半ばに差しかかったはずなのに、しかも学校で保健室の先生までやっているはずなのに、なぜこんな無防備な格好をしてしまっているのだろう。

はだけたタオルケットを巻き直し、わたしは真広に向き直った。彼は手のなかに顔をうずめたまま、決してわたしを見ようとはしなかった。

「紗絵と一緒に、学校に行きたかった。こんなふうに雨の日だけじゃなくて、毎日紗絵と一緒にいたかった。紗絵に会えなくなるなんて嫌だったんだ」

「真広……」

その身体に触れようと、わたしは手を伸ばす。真広は下を向いたままだった。

窓の外の雨音が、ふいにやんだ。

「おれ、もう、ここには来ないよ」

「真広……？」

わたしの指先が届く前に、真広は目の前で消えてしまった。わたしの手が空をつかむ。

「真広、ごめん」

わたしはそれしか言えなくて、布団に突っ伏して泣いた。

悠介のときと一緒だ。わたしはこれっぽっちも相手の気持ちを考えていなかった。自分の気持ちにばっかりとらわれて、真広の気持ちを想像することもなかった。十歳という若さで死んで、いちばんつらかったのは真広に違いない。そしてキセキとしてわたしのそばにいて、自分が生きていれば歩んでいたはずの人生を見せつけられて、どれほど彼は苦しんだのだろう。

わたしや悠介には、未来がある。

真広にはもう、未来はない。逢田真広としての彼の人生は、とうの昔に終わってしまっているのだから。

「真広、ごめん。ごめん……」

泣きながら、わたしは真広がなだめに戻ってきてくれるのを、心のどこかで期待していた。けれど彼はもう、戻ってくることはなかった。

そしてそれきり、真広はわたしの前から姿を消した。

四　夏祭りの奇跡

夏休みが始まり、学校は少しだけ静かになった。

けれど部活動がある生徒は毎日のように学校に来ているし、夏期講習がある生徒たちも暑いなか制服を着て学校に通っている。夏休み中は生徒が自由に廊下を歩き回っているので、まるで一日中休み時間のようだった。

夏休みだからといって、教師も休みなわけでは決してない。一般の会社のように、お盆休みだけはあるが、そのほかの日は通常どおり学校で仕事をする。先生は夏休みがあっていいねとよく言われる。けれど、夏休みも冬休みも通常営業で、春休みは新年度に向けての準備で目が回るほど忙しいのが現実だ。

夏休みを利用して、わたしは普段できない細かな事務処理をすることにした。生徒が来るとなかなか進まない仕事を片づけてしまうのは、こういう休みの時期に限る。ほかの先生たちもまた、同じようにため込んでいた事務仕事を片づけているようだった。

夏休みだからこそ、羽目を外した生徒のことで学校に連絡が入ったりもする。幸い、事故に遭ったとかけがをしたとか、そういう連絡はまだ来ていないようだった。

そしてわたしは、仕事のあとはリトル・グリーンに通っていた。生徒たちが休みな分、いつもより早く仕事を終えることができるからだ。二次試験の日程はお盆明け。決戦の日は目前に迫っていた。

参考書を読み、面接の例題を読み、ほかの教師たちが教えてくれた採用試験のコツをまとめたノートをひたすら読む。校長先生にいたっては、面接の練習までしてくれた。

そうして、わたしはなるべく考えないようにしていた。

真広はあれから、雨が降ってもわたしのもとに来ることがなくなった。

雨の日に窓を開けて待っていても、傘をさしながら外を歩いて探してみても、真広の金色の頭を見つけることはできなかった。

「紗絵先生、おかわり、いる?」

綾音に声をかけられ、わたしはシャープペンシルを握ったままはっと顔を上げた。

「ありがとう。アイスコーヒー、もう一杯いいかな?」

「かしこまりました。紗絵先生、真剣な様子だったから話しかけないようにしてたんだけど、全然進んでないみたいだったから」

綾音の指摘は図星だった。ノートには一文字も書き込まれていない。

「そういうときは、甘いものを食べて休憩するといいですよ。これ、マスターから」

わたしの前に置かれたのは、ガラスの器に入ったカフェ・アフォガートだった。上品なガラスの器に盛られたのは、マスターの手作りのアイスクリーム。それにエスプレッソをかけて食べるのがアフォガートだ。エスプレッソの熱で溶けていくバニラアイスの舌触りが心地よい、夏季限定のメニューだった。

「マスター、ありがとうございます」

カウンターの向こうのマスターに声をかけると、彼はにっこりと微笑んでうなずいた。アイスにエスプレッソをかけて、スプーンでひと口すくう。アフォガートとは、溺れるという意味。ほろ苦いコーヒーのなかで溺れるバニラアイスが溶け切ってしまう前に、わたしは口に含んだ。

「……おいしい」

「でしょ。あたしも、アフォガート大好きです」

綾音が、うらやましそうに器にのったアイスを見つめる。いまは仕事中だから食べられないが、きっとアルバイトが終わったあとに毎日のように食べているに違いない。

「綾音、家の様子はどう？」

彼女に問うと、綾音は嫌な顔をするどころか、目尻をこれでもかというくらい緩めて笑った。

「もー、弟がかわいくて仕方ないです。目のなかに入れても痛くないくらい」

リトル・グリーンでの親子の和解のあと、間もなく塔子先生は男の子を出産した。話を聞けば、綾音も積極的に育児の手伝いをしているのだという。産後の塔子先生の身体を気遣って、アルバイトが終わったらまっすぐ家に帰っているそうだ。

「あたし、赤ん坊ってずっと寝てるもんだと思ってたんですよ。でも、寝ててもしょっちゅうじたばた動くんです。それがもー、かわいくてかわいくて」

と、一度弟のことを語り出すと止まらない。

学校でも、綾音が頭痛を訴えて保健室に来ることは少なくなった。だから彼女と会うのはもっぱらリトル・グリーンになったのだった。

夏になると、クーラーの涼しさを求めてか、店にも客が増える。もうすぐ始まる夏祭りの出店のことで、打ち合わせのために人がやってくることもあった。

わたしはアフォガートをまたひと口食べ、口のなかで冷たく溺れているバニラアイスを感じながら外の景色を眺めた。

店のすぐそば、神社の石段からまっすぐ見下ろす河川敷が、毎年夏祭りの会場となる。夏祭りの出店は露天商を呼ぶのではなく、この町で店を営んでいる人々が進んで出店するのが習わしだった。リトル・グリーンも毎年必ず出店しているし、会場と店が近いことから、祭りの当日まで、運営本部のスタッフが休憩や打ち合わせをする場所としても提供していた。

河川敷に駐車場も併設するから、会場はそんなに大きくない。川下に臨時の仮設ステージを設置して、夏祭りの看板をつける。鉄骨のなかにスピーカーや照明が組み込まれ、マイクのつながりをテストする声がかすかに店のなかまで響いてくる。ステージではカラオケ大会や歌謡ショーが行われるので、ステージ前にはビール箱と廃材の板で作った即席の客席ができあがる。会場の真ん中は簡易テーブルが並べられたビアガーデンになっていて、それをぐるりと囲むように出店のテントが並ぶ。会場はそれほど広くはないが、毎年、熱気にあふれている。

花火の発射台は川上に設置されている。演目説明のアナウンスを聞きながら、簡易ステージから見られるようになっているけれど、たいていの人は花火が始まると会場を出て川上の空き地へ向かう。小さな町の夏祭りながら、打ち上げられる花火の数は周辺の町より多い。川を渡るように張ったワイヤーに着火されるナイアガラは、落ちる火花を水面が反射して、まるで光の滝のような美しさになる。それを見たいがために近隣の町からも人が集まるので、夏祭りは町でも貴重なイベントになっているのだった。

「綾音は夏祭りのとき、どうするの？　お店、お休みなんでしょ？」

「もちろん、出店を手伝うに決まってるじゃないですか。今年は出店の売り子、頑張りますよ。花火も出店から見ます！」

アイスコーヒーを持ってきてくれた綾音が、花火という言葉に瞳を輝かせている。いくつになっても花火は楽しいものだ。そして、彼女は大好きなマスターと一緒に花火を見られるのだから、余計に楽しみなのも当然だった。

夏祭りは八月十四日から十六日までの三日間で行われる。出店が並ぶのは十四日と十五日で、十四日は歌謡ショーなどのイベントがある。十五日はお待ちかねの花火大会だ。十六日は花火が延期になったときのための予備日と、とうろう流しを兼ねている。

「夏祭りのあいだは天気もよさそうだし、花火も絶対上がりますよ。マスター、出店の服はなににするんだろう。浴衣とか着ていいのかな」

気分はお祭りモードながら、綾音はちゃんと接客をしていた。その元気さに、なにかを忘れようとしていたあのころの姿はない。それを身近に感じ取ることができて、わたしは安心した。

「今年は、例年より出店の数が少ないらしいんです。不景気って嫌ですよね」

綾音が指差す会場に、プレハブの倉庫が見える。会場の隅のプレハブはそれぞれ夏祭りの運営本部や救護所となる予定で、簡易ステージから離れたところにひっそりと建つプレハブはイベントの道具を保管する倉庫のはずだ。そこに使われなかったテントの鉄筋が立てかけられている。

「うちもあまりお客さんが来なかったらどうしよう。ビールの売り子さんみたいに、アイスコーヒーを売り歩こうかな」

「ほんと、張り切ってるね、綾音は」

悠介に会ったら、元気になった綾音のことを話しておこう。綾音は夏休みのあいだ、学校に行くことはほとんどない。唯一関わりを持っているのはわたしだけだった。

そんなことを考えながら、わたしはアイスコーヒーをひと口飲んだ。この店のアイスコーヒーは、淹れたてのコーヒーを氷で急冷するタイプではなく、前日の夜から水で抽出した水出しコーヒーだった。だから氷の量も少なくて済み、飲むときに余計な冷たさがない。アイスコーヒーにはガムシロップだけ入れて飲むのが好きだった。

「ねぇ、紗絵先生。仙場先生となにかあった?」

「え?」

綾音に突然そう聞かれて、わたしはちょうど客の切れ間になったのだと気づいた。

「あの話し合いのあと、なんか先生たちの様子、変だから。帰り道、一緒に車で帰ったでしょ?　もしかしてあのあと、付き合うことになったの?」

その言葉にわたしはどきりとした。あれ以来、悠介とは学校では普通に接しているつもりだったけれど、仕事以外のことはなにも話していない。その件はうやむやのままになっていた。

「なんかお互いのこと意識し合ってるみたいだから。もしかしたら付き合ってるのを隠そうとして、わざとよそよそしくしてるのかなって思って」

「そんなことないってば」

はたから見ればそう思うものなのだろうか。綾音の観察力はさすがだなと思う。こうやって人のことをよく見ているから、小説のなかの人物もよく書けているのだろう。自分の分析が度を過ぎて、暴走してしまうのが玉に瑕《きず》だけれど。

そこでわたしはあることを思い出した。

「そうだ。これ、読んだよ。ありがとう」

ノートを返すと、綾音は反応を期待してまた瞳をきらきらさせた。

「どうだった?」

「おもしろかったわ。内容が内容なのに、なんかすごく楽しそうだった」

川で想いを寄せ合った『私』は、その後、親の目を盗んで想い人と逢い引きをするようになる。嫁ぎ先に行くまでの短い時間を、大切にしようと愛し合う。親の目から隠れて想い人のもとへ通う『私』は、いままででいちばん輝いているように思えた。

実際、書き手の綾音もまた、夏休みになってマスターといられる時間が増えて喜んでいるはずだ。家のことも落ち着いて、気に病むようなことはなにもない。ちなみに、マスターが人工呼吸をして綾音を助けたということは、彼女は知らずにいる。「事故とはいえキスをしたなんて知ったら、綾音ちゃんが嫌がるでしょ」とマスターは言っていたが、嫌がるどころか喜ぶのを知っているのはわたしだけだ。

「ちょうど、続きは花火の日なのね」

「そうなんです。だから、実際にあたしも花火を見たあとに書こうと思って。花火の日のこと、まだうまく思い浮かばないから」

『私』が嫁ぐのは、夏祭りの花火大会が終わってからだった。だから『私』は、最後に彼と一緒に花火を見ようと約束する。花火が始まったころ、みんなが空を見上げているあいだだけでも一緒にいようと。

「できたらまた読ませてね。楽しみにしてるから」

「わかりました。頑張って書きます！」

その笑顔がまぶしくて、思わず笑みがこぼれた。ちゃんと笑ったつもりだったけれど、引きつったものになっていたようで、彼女はそれを敏感に感じ取った。

「紗絵先生。本当はなんかあったんじゃないの？」

「なにもないわよ。試験前で緊張してるだけ」

わたしは顔を両手で包み込んで、強張った筋肉をほぐした。朝からずっと事務処理で細かい文字を見つめていたから目が疲れているのだと、自分に言い聞かせる。

花火を一緒に見よう。そう約束した、幼いころの真広を思い出していた。なんでも真広につながってしまう。雨が降らなくても、目は真広のことを探している。雨の日に、真広がわたしのことを呼ぶ幻聴まで聞こえる。これじゃあ病気ではないかと思うほどだった。

もし、いま真広に会えたとしても、花火を一緒に見ることはできないのだ。真広は雨の日にしか現れない。雨が降れば花火は上がらない。

真広との約束は、もう二度と守られないのだった。

「紗絵先生……？」

いつの間にか目に涙を浮かべていたわたしの様子に、綾音が戸惑っているようだった。涙をこぼすまいと、わたしは目を閉じて目頭が冷えるのを待った。

「いまは夏休みだし、ここは学校じゃないし、たまにはいいんじゃない？　紗絵ちゃん」

不穏な空気に気づいたのか、マスターがプリンののったトレイを持って、わたしの背後に立っていた。なぜかトレイの上に二杯、コーヒーがのっている。

「ごめん、聞いちゃった」

あたりを見回せば、店内に残っている客はわたしだけだった。

「お祭りの準備もあるし、今日はもう閉めるからさ。せっかくだし、僕も話に混ぜてよ」

その口ぶりは、まるで遊びの仲間に入りたがっている子供のようだった。わたしの突然の涙に言葉が見つからなくなってしまっていた綾音は、マスターの登場にほっと表情を緩めていた。

「自分のなかでぐるぐる考えていても、答えが見つからないことだってあるだろうし。口に出したら案外、すっきりするかもしれないし。綾音ちゃんもほかの人に話すような子じゃないし。ね？」

「うん。あたし、誰にも言わないから。紗絵先生、あたしのこと助けてくれたんだから、今度はあたしに恩返しさせてよ」

そう言って、すかさず綾音がわたしの向かいに座った。マスターもほかの席から椅子を持ってきて、三人でテーブルを囲む。マスターはプリンをそれぞれわたしと綾音の前に置き、自分と綾音にブレンドのカップを置いた。

「僕らはただ聞いているだけだから。そのあと誰かに吹聴したりしないから、安心して」

「……ありがとうございます」

マスターのその気遣いに、涙がひとつこぼれた。カップから立ち上るコーヒーの香りが、心を落ち着けてくれるのがわかる。コーヒーは昔、薬として用いられていた。香りにだって、気持ちを落ち着ける効果があるのだ。その優しさに、わたしはゆっくりと口を開いた。

「わたしね……好きな人がいるの。仙場先生じゃなくて、ずっとずっと、生まれたときから一緒にいた幼なじみが」

わたしの告白に、綾音が気まずそうにコーヒーを飲む。好奇心で悠介とのことを勘ぐっていたことを恥ずかしく思ったに違いない。おずおずと、控えめに尋ねてくる。

「紗絵先生の好きな人って、なにやってる人なんですか？　同い年なら、もう働いてますよね？」

「……働いてる、というわけでもないんだけど」

なんと例えていいものやら。表現に困ってしまって、わたしはプリンを食べてごまかした。先ほどアフォガートを食べたばかりなのに、糖分のとりすぎだ。けれどいまのわたしには、甘いものがとてもありがたかった。

「もしかして、子供のころからずっと入院してるとか？　身体が弱いとか？」

「うーん……」

「綾音ちゃん。そうやってなんでも質問ばかりしたら、逆に話しづらくなっちゃうよ」

マスターにそう諭され、綾音はまたブラックコーヒーをちびりと飲んだ。

外を見れば、薄く色づき始めた月が空に浮かんでいた。夕闇に染まり始める川に月明かりが降り注ぎ、水面が揺れている。昼とはまた違う、川の顔。このあいだ死にかけたのが嘘のように、穏やかな流れだった。

それを眺めながら、わたしは口を開いた。

「……幽霊、なんだ」

「は？」

「信じてもらえないと思うけど」

苦笑しながら綾音の顔を見ると、案の定、彼女はカップに口をつけたまま固まっていた。

「その人は、わたしにしか見えないの。だから、幽霊みたいな人なの。それでちょっと不思議な力を持っていて、みんなが幸せになれるように、人知れずいいことをしてみんなに希望を与えているの」

そう言ってわたしがプリンを食べると、綾音もつられたようにスプーンを持ってプリンを口に運んだ。綾音は瞬きをするのを忘れたかのように、まん丸な目をさらに大きくして、こぼれ落ちそうな瞳でわたしを見つめている。

「たとえば店でなくした大切なものを、見つけやすいところにそっと移動させてくれるとか。会いたい人に偶然会えるようにしてくれるとか」

「……そんなこと、ありえるの？」

「でも、確かにその人はいつもわたしのそばにいてくれるの。わたしは子供のころからずっと、その幽霊のことが大好きだった」

キセキのことは言えなかった。きっとこのとんでもない話に、さらに彼が『キセキ』という存在で世界中の奇跡を起こしているだなんて言っても、信じてもらえないだろう。

「その人がね、このあいだ川に落ちたとき、わたしのことを助けてくれなかったの。わたしにはそれがショックで、一方的に怒っちゃったの。相手の気持ちも考えずに」

わたしは一方的に、真広のことを傷つけた。自分ばかりがつらいと思っていた。真広だって、キセキとしてこの世に戻ってはきたけれど、家族にも気がついてもらえない。そんな苦しみを、わたしはちっともわかってあげようとしなかった。

「それから、その幼なじみはわたしのところに会いに来てくれなくなったの。自分から会いに行くことなんてできないから、わたしはただ待つしかないの。でも、もう来ないんじゃないかって思うとつらくて……」

「でもきっと、彼も紗絵ちゃんのこと傷つけたと思ったから、自分から来れないんじゃないかな？」

沈黙したままの綾音とは反対に、マスターは自分の意見を話してくれた。内心は量れないけれど、とりあえずはわたしの話を信じてくれているようだ。

「彼がわたしのところに来てくれるようになるのを待つしかないんでしょうか」

「こっちからコンタクトを取ることができないなら、そうするしかないよね」

「もし、一生会いに来なかったら？」

「さすがにそれはないと思うけどね。きっと近いうちに、彼のほうから会いに来てくれると思うよ」

なんの根拠もないはずなのに、マスターはそう言い切った。

「……あたしも、きっと彼は会いに来てくれると思う」

先ほどまで口を閉じたままだった綾音もまた、ゆっくり口を開くとマスターに同調した。

「でも、どうしよう。なんかあたし、信じられない……」

「そりゃあ、突然こんな話されたら、わたしも信じないと思うよ」

「そうじゃないの」

綾音の胸には、いつの間にかノートが抱かれていた。プリンは食べ終えてしまったようで、カラメルが唇の端についている。

「あたしの物語に出てくる人と似ているの」

彼女はそう言って、ノートを抱いたまま目をつぶった。こうすると、物語の世界が見えるのだと言う。

「表現するのが難しくて、ちゃんと書けてはいなかったんだけど……『私』が想いを寄せている彼は、店に来るお客様に、少しだけいいことをしているの」

「綾音……？」

「彼は小さな幸せを起こせるの。万年筆が欲しいと思っていた『私』に、福引で万年筆を当てさせてくれるの。家出してしまった息子さんを探して泣いているお母さんのために、お腹をすかせた息子さんが店に来るように仕向けるの。妊婦さんのお腹のなかにいる子供が逆子だから、こっそり話しかけて、頭を下にするように教えてあげたって言うの」

綾音の話に、今度はわたしがなにも言えなくなった。

だからわたしは彼女の物語に引き込まれたのだ。

「その人は予言をするの。未来が見えるから、これからなにが起こるか知ってるの。だからその未来がちゃんと現実になるように、予言で、みんなのことを守っているの。自分は奇跡なんだって、笑って話すのよ……」

それはまさしく、真広がしているのと同じことだった。

「あたしが勝手に作った物語だと思ってたのに……なんで紗絵先生とつながってる

の？」

呆然とつぶやく綾音に、わたしは驚くばかりでなにも言うことができなかった。

物語のなかの彼は、間違いなく真広と同じキセキだった。

○

花火大会当日。わたしが見回りをする相方の先生は悠介だった。

見回りをする目的はもちろん、生徒たちが羽目を外していないか見張ること。決められた時間以降残っている生徒がいないかを確認すること。

お祭りだからといって、こっそりお酒を飲む生徒や、煙草を吸う生徒がいる。正直、わたしが学生のころは、みんな隠れてお酒を飲んでいた。かき氷のシロップで割ったサワーは甘くてジュースのようで、酔っぱらった生徒が会場の隅に転がっていたこともあった。羽目を外すのは仕方ないので、どうせやるならうまくやれとは口が裂けても言えないけれど。

あとは生徒たちが帰宅しなければいけない時間に、会場に残っていないか目を行き渡らせる。校則で、高校生が夜、外に出ていいのは二十二時までになっている。保護者と一緒ならいいけれど、夏祭りの会場で夜遅くまで保護者と一緒にいる生徒はそういない。だいたいみんな、友達同士で遊び歩いているものだ。

「美上先生、なんか飲む？」

「ううん、いい」

二の腕につけた見回りの腕章は、町の教育委員会のものだ。小中高の教師のほかに、ＰＴＡの人たちも見回りに参加してくれている。こうしてわたしたち大人が目を配ることで、生徒たちが気をつければそれでいい。悠介は見回りをしつつも、出店の品ぞろえを見て夏祭りを楽しむ気満々だった。

「俺、なんか飲みたい」

「だからって、ビールはだめです」

わたしに止められて、悠介はしぶしぶラムネを買った。ガラスの瓶に入った、ビー玉で栓をした昔ながらのラムネだ。飲むときにビー玉が転がってふたをしてしまわないよう、瓶の出っ張りに器用にビー玉をのせて懐かしい味を楽しむ悠介は、まるで大きな子供が歩いているようだった。

「あ、金魚すくい」

「やりません」

「射的がある」

「だめです」

「型抜きとか、懐かしいな！」

「やりませんってば。仙場先生！」

ふいに風が吹いて、会場近くの鎮守の森がざわざわと揺れた。赤と白の縞《しま》模様の提灯に囲まれた会場の灯りが、神社の鳥居をぼんやりと照らしている。お祭りに浮かれるわたしたちの仲間に入りたくて、鎮守の森もそわそわしているのかもしれない。

リトル・グリーンから見下ろしていた会場は小さく見えたけれど、いざその場に足を踏み入れるとなかなかな広さがあった。ステージの上では途切れることなく催し物があり、それを楽しみながらビールが飲めるようにと、客席がビール箱と廃材の板などを集めて作られている。ビールを飲んでいる生徒、あるいは未成年がいないか気をつけながら、わたしたちはぐるぐると会場を回っていた。

「だめだ、焼き鳥食べたい。美上先生も食べる？」

「だから、いまは見回り中だってば……」

ビールを買うことだけは阻止せねばと、わたしは出店を巡る悠介を見て思う。町の有志で集まった店が出店しているだけあって、生徒の親が出している店もある。そうなると、決まって生徒も手伝っているわけで、悠介とわたしが一緒にいるのを見て冷やかしてくる生徒も多かった。友達同士で会場に来ている生徒たちにも、同様にからかわれた。

「仙場先生、デート？」

「デートしてるのはお前のほうだろ、飯口」

声をかけてきたのは、携帯電話の奇跡が起きた飯口だった。今日はコンタクトレンズをしているのか、いつもの黒縁眼鏡ではない。手をつないでいるのが『ゆりちゃん』のようで、彼女は花柄のワンピースがよく似合う愛らしい顔立ちをしていた。飯口はでれでれと頬を緩めて、夏祭りを満喫しているようだ。

「やっぱり二人は付き合ってるの？」

そう言われて、悠介は大げさに首を振る。そしてこれ見よがしに腕章を見せて「見回りに決まってるだろ」と告げた。

「祭りだからって、羽目外すなよ」

「はーい」

悠介に言われ、二人は素直にうなずく。これが仙場先生の人徳だ。生徒を見かけるたびに悠介が声をかけるので、一周するのにもとても時間がかかってしまった。

「この焼き鳥うまいな。もうひと皿買おうかな」

「仙場先生、食べすぎ」

「いいから、美上先生も食べなって」

炭火焼きの焼き鳥がこんもりのったお皿を突き出されて、わたしはしぶしぶ一本もらった。もらった焼き鳥は、少し冷めていた。

見回りを始めてから、悠介はずっと食べたり飲んだりを続けていた。おそらく、そうしていないと間がもたないのだろう。わたしもそれがわかっているから、彼を止めることができない。ビールを買うことだけは阻止しなければならないけれど。

焼き鳥に、イカ焼きに、チョコバナナにりんご飴。お祭りの定番商品を、悠介は次から次へと買いあさる。出店の列に並びながら、順番待ちをしている生徒と仲良く話す。彼なりの見回りをしているのだなと思うけれど、クレープにかき氷、綿あめと買ったところで、ついに彼も限界が来たようだった。

「だめだ、買いすぎた」

「だから言ったじゃない」

両手がすっかり埋まってしまった悠介から、わたしは少し食べ物を預かった。

「仙場先生、たこ焼き食べてもいい？」

「どうぞ。広島焼きもあるから。焼きそばもあるし」

子供たちは少ないお小遣いでやりくりしているというのに、彼の大人買いは無駄遣いもいいところだ。小さくため息をつくと、わたしはたこ焼きをひと口頬張った。焼き鳥と違ってこちらはできたてだったらしく、思わずわたしが熱さに叫ぶと、悠介が飲みかけのラムネをくれた。

「こら、なに遊んでる」

その男性の声に、わたしたちは振り向いた。照明がまぶしくて、誰だかわからない。

「——父さん？」

悠介のつぶやきに、その人は首を傾げた。

「仙場先生、飲んでるのか？」

そこにいたのは藤先生だった。

「あ、いえ、すいません、藤先生」

叱られた生徒のように、悠介は謝った。藤先生もまた見回りの腕章をつけていたが、背が高いから腕章がよく目立っていて、生徒たちにも無言の威圧感を与えているのがよくわかった。

「顔が赤いけど、本当に飲んでないのか？」

悠介は顔を真っ赤にしてうつむいていた。藤先生を父と呼ぶなんて、間違って先生のことをお母さんと呼んでしまった小学生のようだ。

「仙場先生は飲んでないですよ。わたしが見張ってましたから」

耳の先まで真っ赤にした彼の潔白を、わたしは証明した。

「そうか。疑ってすまなかった。でも仙場先生に父さんって呼ばれると、なんだかうれしいな。うちは女の子しかいないから」

藤先生は強面の顔をにこやかな笑みに一転させると、「交代の時間だからゆっくり食べてきていいぞ」と、たこ焼きをひとつつまみながら言った。そしてわたしのように熱さに悲鳴を上げ、その様子にわたしも悠介も声を上げて笑ってしまった。

「ありがとうございます、藤先生。せっかくの夏祭りだっていうのに、仕事させちゃって」

「いいんだ。娘はもう友達と祭りに行くようになっちゃったから……」

しょぼんと背中を丸めながら、藤先生は人混みのなかへと消えていった。ややあって、藤先生の野太い声が聞こえてきた。どうやら生徒たちと会えて喜んでいるようだ。それを聞き、わたしも悠介もまた笑った。

「買いすぎたし、どっかで食べるか」

「うん。冷めたらおいしくないし」

いったん見回りの腕章を外して、わたしたちは人混みを抜けた。そして出店のテントとテントの隙間にある提灯の下に移動して、悠介が買いあさったものを胃に収めることにした。そこはプレハブの共同倉庫のすぐそばで、ときおり出店関係の人たちが物を取りにやってくる以外は誰も来ない。使われなかったテントの鉄材が寂しそうに提灯の灯りに照らされていた。

たこ焼きを食べながら、わたしは祭りのなかを歩く人々をぼうっと見つめた。家族連れ、カップル、友達同士。いろんな人たちが、祭りの喧騒に浮かされながら歩いている。

カップルを見ると、たいていの女の子が浴衣を着て、慣れない草履に悪戦苦闘しながら歩いていた。普段見られない彼女の姿にどぎまぎしている様子の彼氏は、私服だったり甚平だったり、たまに浴衣姿の子もいる。浴衣の帯に刺された団扇《うちわ》がまた夏を感じさせて、わたしは何年浴衣を着ていないだろうかとふと思った。悠介はワックスで髪をセットしてきているというのに、わたしはおしゃれとは無縁のジーンズにスニーカー姿だった。夜風が寒いかもしれないとパーカを羽織ると、なんだか真広の真似をしているような気分になる。

「……あのね、悠介」

腕章も外れたことだ。わたしは彼を、そう呼んだ。

やっぱり、気まずいままは嫌だ。せっかくのお祭りだというのに、ぎくしゃくしたままではもったいない。それに、いまここで悠介と話をしておかないと、新学期になってもずっと気まずいままになってしまうだろう。

テントで遮られているからか、祭りの音が遠くに聞こえる。あの日、車のなかでつかまれた手首を無意識のうちになでながら、わたしはイカ焼きを頬張っていた彼を見上げた。

「……こないだ、ごめんな」

わたしが言うよりも早く、悠介が頭を下げた。

「俺、傷つけるようなことばっかり言っちゃったよな。真広が死んだとき、紗絵がどんなにショック受けてたか知ってたのに……ごめんな」

深々と下げた頭を、彼は決して上げようとはしなかった。そのつんつんと元気な髪まで、重力に従って謝っているように見える。

「わたしも、逃げたりしてごめんね」

顔を上げて、と、わたしは彼の肩をそっと叩いた。

「せっかく紗絵と再会できて、一緒にいられる時間が増えたっていうのに、紗絵が全然俺のこと見てくれないのが悔しかったんだ」

うながされるままに顔を上げた悠介は、手持ち無沙汰に、焼きそばの入ったビニール袋の持ち手をいじっている。顔はうつむいたままで、見えるのはかすかに動く唇だけだった。

「助けたときまで俺だと思ってくれてなくて、真広に嫉妬《しっと》した。俺がいちばん紗絵の近くにいるはずなのに、なんで紗絵には真広しか見えてないんだって」

そこで悠介はようやく顔を上げた。

歯に青のりをつけたまま、眉尻が切なそうに下がっていた。生徒にするように、彼はわたしの頭に手を伸ばす。ぽんぽんと頭をなでるのが彼の愛情表現だということを、わたしは知っていた。

「悠介の気持ちはうれしいけど、わたしやっぱり、真広のこと忘れられそうにない」

その大きな手を、わたしは一方的に握った。

「だから、悠介の気持ちにはこたえられない」

「……そう言うと思った」

悠介の手に力がこもり、わたしたちは握手をした。そして手が離れると、悠介はわたしの頭を乱暴になでた。

「ごめんねって謝るのはなしだぞ、紗絵」

「うん」

せっかくブローした髪を、悠介にぐしゃぐしゃにされてしまった。わたしのその頭を見て、彼もようやくいつもの笑顔を取り戻したようだった。

「チョコバナナ、食べるか？」

「うん、ありがとう」

「昔、こうやって真広と三人で食べたな」

しみじみと悠介がつぶやく。

「たまたま祭り会場で会ってさ。紗絵と真広は家族同士で来てて、俺も自分の家族と来て。ばったり会ったら三人ともチョコバナナ食べてて、笑ったよな」

「そうだね。チョコバナナのお店の前にいたわけでもないのにね」

それは、真広と最後に過ごした夏祭りの日のことだった。

「そのあと真広が死ぬなんて、思ってもみなかった」

「なんかこうやってたら、ひょっこり真広が出てきそうだよな」

それは自然と出た言葉なのか、それともわたしに気を遣ったものなのか。提灯の灯りが邪魔をして、悠介の表情ははっきりとはわからない。けれどきっと、自然と出たものに違いない。そう思いながら、わたしはチョコバナナをかじった。

「俺もさ、次の年から夏祭りは友達と行くようになっちゃったから、家族で行ったのはあれが最後だったんだ。だからなんか、いろいろ思い出すっていうかさ」

羽虫が提灯の周りを飛んでいる。それを見上げながら悠介は言った。彼にとってもまた、あの日の夏祭りは特別なものだったのだと、わたしは初めて知った。

「真広といい、俺の家族といいさ。なんであんなに早く死なないといけなかったんだろうな。もう起きてしまったことなんだから、いまさら言っても仕方ないけど」

ははは、と乾いた笑いを漏らす悠介の舌は、かき氷のブルーハワイの色に染まっている。それまでもが、十五年前の夏祭りの日を思い出させる。

あの日のことを、わたしは覚えている。一生忘れることのできない、真広と最後に過ごした、大切な一日だった。

「……お盆ってさ、死んだ人が帰ってくる日だっていうだろ。この人混みのなかにこっそり俺の家族がいたらいいなって思うんだけど、いないんだよなあ、これが」

途切れることのない人の波に、悠介は目を凝らした。

「藤先生と父さんを間違えるなんて、俺、どれだけ家族のこと探してるんだろうな」

「藤先生って、そんなにお父さんに似てるの？」

「雰囲気が、なんとなく。だから俺も勝手に懐いてるんだけどさ。まさか間違って父さんって呼ぶなんて、思い出すだけで恥ずかしいよ」

いまこの瞬間を、楽しみ、生きている。輝くような命が、たくさんこの場に集まっている。学校の生徒や、同僚の教師や、かつての同級生。知っている人から知らない人まで、たくさんの人々の顔を見ていると、そのなかに自分の探している人がいてもおかしくないのではと思ってしまう。

「父さん、猫舌でさ。たこ焼き食べたときはいつもあんなふうだったんだ。なんか、それを思い出して、ちょっとうれしかった」

きっと彼は、いつも家族の姿を探し続けていたのだろう。また耳を赤く染めながら、悠介はごまかすように咳払いをした。

「家族が死んですぐのころはさ、なんか、嫌なことばっかり思い出してたんだ。反抗期で、憎まれ口叩いてばっかりのころにみんな死んじゃったから……親ともっといろんなこと話しておけばよかったってずっと思ってた。俺だけ一人生き残ったことに、ずっと自分を責めてた」

「悠介……」

「でも、最近ようやく、楽しかったころのことをいろいろ思い出せるようになったんだ。藤先生と働くようになって、思い出すようになった。紗絵に偉そうなこといろいろ言ったけど、俺だってまだまだ気持ちの整理はできてないんだよ」

わたしは、悠介はもうすべてを乗り越えているのだと思っていた。だからこそ、わたしのことを諭したのだと思っていた。けれど彼もずっと、家族への想いを胸に抱き続けていたのだった。

大切な人のことを忘れることなんて、できない。

「いいよな、紗絵は。真広がそばにいて」

「……え？」

「いるんだろ、いつもさ。なんか、前からずっとそんな感じがしてたんだ」

わたしの驚きなど気にもせず、悠介は人混みのなかに家族を探し続ける。ときおり、わたしたちに気づいた生徒が手を振ってくれる。それに手を振り返しながら、悠介は人の波を見つめ続けていた。

「うらやましいよ。死んでもそばにいてくれるなんて」

「……きっと悠介の家族は、悠介なら大丈夫だって思って成仏したんだよ」

わたしには、そんなことしか言えない。悠介の家族がいまどこにいるのか、そんなのわからない。死後の世界のことなんてわたしたちには遠すぎて、想像もつかなかった。

ただ、真広が特殊なのだ。真広だけが、ずっと、わたしのそばにいてくれただけ。

「そんなこと、初めて言われた。わたしのそばに誰かいるなんて」

「いると思うよ、俺は。紗絵が川で流されたとき、必死に真広の名前叫んでただろ。ずっとずっと、紗絵のこと守ってくれてるやつのことじゃないと、あのときとっさに名前なんて出てこないさ」

わたしはなにも言えなくなって、無言で残りのチョコバナナを食べた。

わたしにしかわからないと思っていた真広に、気づいてくれる人がいたなんて。わたしのように見えているわけではないだろう。でも、わたしのそばにいる存在を確かに認めてくれる人がいたなんて――。

「俺、真広には、一生かなわないな。なんだよ、サッカーと一緒じゃん」

そう、悠介は笑った。その笑みも長く続かなくなって、なにも言わないまま、彼はまた家族の姿を探した。

悠介のことは嫌いじゃない。

けれどわたしは、真広のことを好きでいることをやめられない。

彼がまだここにいることを知ってしまったから。キセキとして、みんなに小さな幸せを贈っていることを知ってしまったから。わたしのそばにずっといてくれたから。

わたしはずっと、彼のことを好きでいるだろう。

もしもう二度と、真広がわたしに会いに来てくれないとしても。


藤先生が戻ってきたので、わたしたちは見回りを再開した。そこへ、綾音が出店のテントを突き破らんばかりの声で呼びかけてきた。

「紗絵先生、仙場先生、くじはいかがですか！」

川上に出店しているリトル・グリーンの、くじ引きの看板が見えたところだった。綾音はテントから顔を出して、満面に笑みを浮かべていた。

夏祭りにはくじ引きの店がたくさん出ていて、ゲーム機などの人気商品が当たる店にはたくさんの子供たちが集まっている。店によって客の取り合いにならないよう、女の子向けの店、男の子向けの店、大人向けの店と分かれてはいるものの、リトル・グリーンの出店は明らかに異質だった。

店先には参加賞の品物を、テントの奥には一等から五等までの景品を並べているのはどこの店でも一緒だ。店の奥に並ぶ目玉商品を指差しながら、綾音が自信満々に言った。

「一等賞は市販のインスタントコーヒーもおいしくなるコーヒーメーカーです！」

「……なんか、引く気になれないな」

悠介がごもっともな感想を漏らす。アンティーク調のテディベアもあるにはあるが、子供の姿はほとんどなかった。

いつもの黒いエプロンではなく、今日の綾音はかわいらしい浴衣姿だった。短い髪をうまくアップにまとめて、少しだけお化粧もしている。クリーム色の柔らかな布地の上を泳ぐ金魚と、小粋に締められた紅い帯が、彼女の雰囲気にとても似合っている。

「先生、くじ、どうですか！」

そのかわいらしさに似つかわない熱心すぎる接客が、あまり人が来ていないことを無言で物語っている。わたしが子供のころから、マスターの出店はこれだった。客足が少ないというのに、毎年内容を変えようとしない。ある意味、この出店もまた、マスターのこだわりなのだろう。

「一等はコーヒーメーカー、二等はホットサンドメーカーで、ハズレだとどうなるの？」

「ハズレでも、クッキーが一枚もらえます！」

そう力説する綾音が、テーブル一面に並べられたくじを披露する。それはリトル・グリーンの裏メニューである、フォーチュン・クッキーだ。いつも店で出されるものより大きくて、プレーン味のほかにチョコチップやアーモンド入りなどさまざまな種類がある。ちょっとリッチなクッキーを買うと思えば、一回百円は決して高いものではない。一等や二等が当たらなくても、コーヒー豆やケーキ、お菓子の詰め合わせなどが当たる。夏祭りという雰囲気に似合わないだけで、実際リトル・グリーンで食べるよりもうんとお得な内容になっているのだった。

だから、くじを引くのはたいてい大人。それも、祭りの帰り道に寄ることが多い。それをわかっているから、マスターは出店のテントの奥でのんびりとパイプ椅子に座っているのだ。

「見回りお疲れさまです、先生。ごめんね、あんまり売れないものだから、アイスコーヒー出すのやめちゃったよ」

そうにこやかに声をかけてきたマスターは、今日は甚平姿だった。しじら織りのシックな紺色の甚平が、不思議と銀縁眼鏡に合っている。いつもは見ることのない、大人の色香漂うマスターの姿に、思わずわたしまでドキッとしてしまった。綾音が必要以上に張り切ってしまう理由もわかる。

「マスター、お客さん入ってます？」

「いつものリトル・グリーンと一緒だよ。来たい人がふらっと来る感じ。くじを引きに来るより、占いをしに来る女の子のほうが多いかな」

わたしが店のなかをのぞき込むと、浴衣姿の女の子たち三人組が、勇気を出すように「せーの」と声を合わせてそれぞれ百円玉を出した。

「くじ、一回、おねがいします」

「はい、ありがとう。好きなクッキーをひとつ選んでね！」

それぞれから百円玉を受け取り、綾音がテーブルの上のくじをうながす。少女たちは真剣な様子でクッキーを見つめ、意を決したようにひとつずつ手に取った。その指先には、不器用ながらもちゃんとマニキュアが塗られていて、幼くても女の子だなとわたしは思った。

「なかを開けてみて、数字が書かれた紙が入っていたら、それが当たり番号だから教えてね」

力を入れすぎて粉々になってしまわないよう、慎重にクッキーを開けると、なかには折り畳まれた紙が入っていた。彼女たちはみな、くじよりも占いを目当てにやってきたのだと、期待半分、緊張半分の瞳が語っている。この出店の占いは当たるという噂が女子たちのあいだで広がっているのを、以前真幸から聞いたことがあった。

割ったクッキーのなかに入っていたのは、いつもの占いの紙だ。それは折り畳まれていて、占いの内容がすぐには見えないようになっている。

「ハズレだ」

「こっちも」

「あ、数字が書いてある。三十五だって」

当たりの番号が書いてある紙は別になっているようで、クッキーのなかから数字の書かれた紙が出てきた子が一人だけいた。出店用のフォーチュン・クッキーはちゃんと工夫がなされていて、これを一人で作ったマスターは大変だったろうなとしみじみ思った。

「三十番台はパウンドケーキです。どうぞ」

まるまる一本ラッピングされたパウンドケーキに、少女たちはさほど反応しない。それを見て、マスターが苦笑する。彼女たちはまるで初詣でおみくじを引いたときのように真剣に、書かれていた占いを読んでいた。

わたしと悠介は、こっそりとその占いの内容を盗み見た。大吉や小吉など、はっきりしていないのがこのフォーチュン・クッキーだ。三人とも意味がわからないようで、一様に首を傾げた。

『五十歩百歩』

『出口のないトンネルはない』

『トマトが赤くなると、青くなる人がいる』

どれもどこかで聞いた名言やことわざのようだった。

「なにこれ」

「全然わかんない」

「恋占いしようと思ってたのに、全然詳しく書いてない」

明らかに不満げな顔をする少女たちに、ハズレ用のクッキーを渡しながら、マスターが話しかける。一枚一枚丁寧にセロファンに包まれたクッキーは、子供たちの手のひらにのるととても大きく見えた。

「大人は現在の占いだけど、子供はそれが未来の占いになるんだよ。だから、大人になったときにこの占いの言葉を覚えていたら、きっと意味がわかると思うよ」

パウンドケーキの子にもクッキーをあげるのが、マスターの優しさだ。少女たちはそれがわからないまま、遠慮なくクッキーをかじる。そして口々に「大人になるまで覚えてるなんて無理だよ」と言う。クッキーの味に、もちろん文句はない。

わたしも昔、こうやって真広とくじを引いた。それが、二人で撮った最後の写真に残っている。あの日の彼の笑顔は、わたしの手帳のなかにある。そのときのくじの内容なんて、十五年もたってしまったいまとなっては覚えていないけれど。

「当たるっていうから来たのに、なんか期待外れ」

「いいよ、もう。花火始まっちゃうから、行こうよ」

さんざん好きなことを言って、少女たちは去っていく。その反応もいつものことのようで、マスターはとくに気にも留めていないようだ。かわりに残念そうに肩を落とす綾音に、わたしは思わず笑ってしまった。本当に、綾音は好きな人のために一生懸命なのだなと思う。

「マスター、わたしも一回引いていいですか?」

「もちろん」

悠介と違いほとんど減っていないお財布から、わたしは百円玉を取り出す。それを一枚綾音に渡して、少し考えてからもう一枚渡した。

「悠介も一回どう?」

「占いをほかの人のお金で引くのは違うと思う」

そう言って、悠介は自分のポケットから百円玉を出した。そしてそれぞれクッキーを選ぶ。もうすでに胃袋が臨界状態な彼は、小さなげっぷをしてそのままクッキーにかじりついた。

「仙場先生、紙まで食べちゃだめですよ」

「大丈夫だって。ほら見ろ、三十八番だ。三十番台はパウンドケーキなんだろ?」

さらに新しい食料品を手に入れて、悠介はにんまりと笑う。甘いものは彼にとってなによりうれしいものだ。また荷物が増えて、彼は手をつけていない綿あめを綾音にあげた。

そして、彼は占いの内容を読む。そしてやっぱり、首を傾げる。子供は未来の、大人は現在の占いだというけれど、未来でも現在でも占いの言葉は謎だった。

「紗絵先生は？」

「わたしはハズレみたい」

折り畳んだ紙に、数字は見当たらない。マスターからハズレのクッキーをもらい、わたしはくじと一緒にポケットにしまった。綾音がなにか言いたそうにうずうずしているのが、その瞳から見て取れた。

「あのね、紗絵先生」

綿あめの袋で口元を隠しながら、綾音がわたしに耳打ちする。花火の時間が近づいてきて、会場の人間が一人一人少なくなっていく。花火が上がるのは、会場より少し離れた川上からだ。よく見える場所に向かうべく、人の波が一斉に引いていった。

「あたし、進路決めたよ」

内緒話をする子供のように、綾音はわたしの耳元でささやく。コーヒーの香りが混じった吐息が、夜風とともにわたしの耳朶《じだ》をくすぐった。

「あたしもね、教育大目指してみる。頑張って大学受験することにしたの」

「本当？　これから忙しくなるわよ？」

教育大に行くには、いろんな方法がある。私立なら推薦を狙うこともできるが、国公立を目指すならセンター試験を受けなければならない。生徒の学力や家庭が出せる学費などを踏まえてアドバイスをするのは担任である悠介の仕事だ。同じ学校で同じ進路を選んだわたしは、その大変さをよく知っていた。

「あたしも学校の先生になりたいって思ったの。でもなんか恥ずかしくて、まだ誰にも言ってないんだ」

「綾音なら、やっぱり国語の先生？　小学校にするとか、そういうのは決めてる？」

「あたし、保健室の先生になりたい」

それはまるで、愛の告白のようだった。

「紗絵先生みたいな、保健室の先生になりたい」

「綾音……」

「大丈夫。養護教諭の倍率がとんでもなく高いこととかわかってるから。それでもほら、小説書きながらやる仕事も、やっぱり自分がやりたいと思える仕事がいいなって思うから」

綿あめの袋を抱えた指先を、綾音は唇に当てた。教師と生徒なんて関係ない、まるで女友達のような内緒話。自然とわたしも、彼女と同じように唇に指を当てていた。

悠介がのぞき込む。

「なに話してるんだよ、二人とも」

「内緒」

その声が重なり、わたしと綾音は二人で笑い合った。

教師になってよかった。そう、思う。そして同時に、臨時ではなく、ちゃんと正採用の先生になりたいと強く思った。こうやって、生徒たちが輝く未来へと向かっていく姿を、ずっとそばで見ていたい。

この仕事は少しだけ、キセキに似ているかもしれない。

真広たちキセキは、未来が少しでも明るいものであるように、小さな幸福である奇跡を起こしている。そのすべてが喜ばしいものだけではないけれど、キセキはいつだって未来に希望を持たせるために尽力している。

わたしも、生徒たちの未来への一歩の架け橋に少しでもなりたいと思う。昔、塔子先生がしてくれたように、わたしも綾音やこれから出会う生徒たちの支えになりたい。

真広が奇跡を起こすように。わたしも、少しでも誰かの未来を明るく照らしてあげたかった。

わたしたちの話の内容がまったくわからない悠介は、しきりに首を傾げている。そして、ふいに夜空をのぼる小さな光に気づいて、あっと小さな声を上げた。

「花火、始まったぞ」

夏祭りの会場に、始まりの花火が上がる。赤と緑のシンプルな色使いの、大輪の打ち上げ花火。それを見て、綾音がテントから飛び出し歓声を上げた。

川上に発射台を設置した花火は、会場からでも充分よく見える。けれど、ナイアガラを見るためには、会場から離れて河川敷に移動したほうがいい。

「花火のあいだは暇だから、綾音ちゃん、見てきていいよ」

会場の川上側にあるリトル・グリーンの出店からだと、花火を見ようとしてもテントが邪魔になってしまう。乙女心をまったくわかっていないマスターが、テント越しの打ち上げ花火を見る綾音にそう声をかけた。

「いいです、あたしはここから見ます。マスターも一緒に見ましょうよ」

「僕はそのあいだに景品の補充とかするからさ。取りに行きたい荷物もあるし、気にしないで行っておいで」

綾音の夏祭り計画がピンチだ。彼女が浴衣を着てきたのは売り子のためじゃないことを、マスターはわかっていない。頭上で上がる大輪の花火に見向きもしないマスターに、綾音は臆することなく計画達成のために突き進んだ。

「じゃあ、あたしも手伝います。花火終わったあとが忙しくなるなら、いまのうちに準備しないと！」

綾音の必死な様子に、マスターは眼鏡の奥の瞳をきょとんと丸くする。それでも、仕事熱心な子に悪い感情は抱かない。めっきり少なくなった人通りを確認してから、本当にいいの？　と念を押して確認していた。

「……よければ、わたしも手伝いますよ」

恋する綾音の熱意に負けて、わたしはそう声をかけていた。

「花火のあいだは、見回りサボってても気づかれないでしょうし。マスターが取りに行きたい荷物って、プレハブの倉庫のなかにあるんですよね？」

「そうだけど……」

わたしの突然の申し出に、マスターも綾音も戸惑いの表情を浮かべる。悠介もまた、なにを言い出すんだと抗議したげな顔をしていた。

「見回りがてら行ってきますよ。店を空にしても危ないし。ついでだから、気にしないでください」

綾音にマスターと二人きりで花火を見せてあげたい。綾音がこれから過ごす高校生活を進学に向けるというのなら、こうしてマスターと過ごす時間だって確実に減ってしまうに違いない。

「行こう、仙場先生」

悠介の腕章を引っ張って、わたしは歩き出した。そして、こっそりと綾音に目配せをした。あの物語を知っている以上、放ってはおけなかった。『私』と想い人は、花火の日に駆け落ちをする。二人で一緒に花火を見ようと約束をするのだ。

ならばわたしは、現実の彼女にもそれを叶えさせてあげないといけない。

わたしの目配せが伝わったのか、綾音は頬を赤らめて微笑んだ。あの物語の『私』と同じ、恋する少女の甘酸っぱい笑みだった。

「どうしたんだよ、急に」

「悠介も花火見たかった？　ごめんね」

花火に背を向けて歩き出したわたしに、悠介が不満げに息を漏らす。どっちにしろ、見回りをするのがわたしたちの仕事だ。花火なんて歩きながら見ればいい。

夏祭りの花火大会は、演目がいくつかに分かれている。最初はシンプルな打ち上げ花火、その次がキャラクターや生き物などのかたちを描いた変わり花火を打ち上げる。そのあとが川を渡るナイアガラと、細かな花火が連続で打ち上げられるスターマイン。そして最後は、大玉の花火を夜空に咲かせて締めくくる。

発射台が近いぶん、花開く花火と破裂音はそう間隔があかない。そして、とてもうるさい。発射台の真下からだと首が痛くなるくらい見上げないといけないほど、近くで花火を見ることができるのだった。

「まあ、紗絵と一緒に花火見れてよかったよ」

どさくさ紛れに、悠介は言った。花火の音でかき消されると思ったのだろう、けれどそれはわたしの耳にしっかりと届いた。反応に困って、わたしは聞こえないふりをした。

共同倉庫はリトル・グリーンの出店のすぐそばで、ついさっきわたしたちが腹ごしらえをしたところだった。会場からは出店のテントで隠れて見えないが、河川敷と土手のあいだのわずかな隙間に設置されている。こういう人の目の届かない死角をうまく活用しているあたり、長年の経験で工夫されたのだなと思う。

「……ちょっと待って」

悠介が、ふいに立ち止まった。

花火で人がまばらになった会場の片隅、テントの隙間を彼はじっと見つめている。それに続いて目を凝らすと、テントの隙間の暗がりで、少年たちがなにやら話をしていた。

暗がりのなかになにかが見える。それは終わりかけの線香花火のような、赤黒い光だった。

煙草だとすぐにわかった。うちの生徒かまではわからない。気づかれないよう慎重に、わたしたちはその少年たちへと近づいた。

「俺だけでいいよ。紗絵はマスターたちの頼まれごとがあるだろ」

「でも……」

「大丈夫。さっきの占いに『問題解決』って書いてあったから」

一歩一歩、慎重に進んでいったつもりだった。けれど少年たちはわたしたちに気づき、見回りの腕章を見た途端、さっと顔色を変えて一目散に逃げ出した。

「こら、待て！」

悠介が、それを追う。わたしも続こうとしたが、さすがサッカーで鍛えた足腰だけあり、その姿はすぐに小さくなった。少年たちは間もなく捕まるだろう。『問題解決』ということは、あの少年たちは、もしかしたら校内で騒がれていた喫煙生徒なのかもしれない。

悠介が生徒のもとへ行ってしまったため、わたしは見回りを続けながら、プレハブの共同倉庫へ向かった。共同倉庫の周りには、出店や臨時ステージで使った残りの鉄筋や廃材が立てかけられている。実行委員の本部はまた別のところにあるので、倉庫の周りには人がいなかった。

共同というだけあって、貴重品や大事な商品は置いていない。あるのは祭りで使わなかった看板や行灯《あんどん》と、各出店の備品だけだ。なかに入ると備品の入った段ボール箱が山積みになっていて、明かりがないとどの段ボール箱がリトル・グリーンのものなのかわからなかった。スイッチを押してみても、臨時倉庫のためか電気がつかない。

仕方なくわたしは倉庫のなかで段ボール箱を探し始めた。ときおり差し込む花火の明かりを頼りに、段ボール箱に書かれた店の名前を読む。クレープ屋、金魚すくい、射的。イベントで余ったビンゴカードが詰まった箱まである。わたしは段ボール箱の波をかき分けて奥へと進みながら、こんなことなら荷物がどれぐらいの大きさのものなのか確認しておけばよかったと後悔していた。

小さな窓から、変わり花火が見える。リボンや金魚のかたちをはじめ、アニメや漫画のキャラクターを模した花火が次々と上がる。珍しいキャラクターの花火には、会場から歓声が聞こえてきた。

花火を見るといつも、真広と過ごした最後の夏祭りを思い出す。雨で見られなくなった、夏祭りの花火。明日晴れたら一緒に見ようと約束して、ついに果たされなかった彼との約束。

今年もまた、約束は守られなかった。

「真広のばか」

そう段ボール箱に八つ当たりしてみる。軽く小突いた段ボール箱は、蓋の隙間から芳ばしい香りがした。もしやと思って開けてみれば、それはリトル・グリーンのコーヒー豆だった。

持ち上げてみると、けっこう重かった。すぐに持って帰ってしまっては、綾音とマスターの邪魔をしてしまうのではないだろうか。もしかしたら綾音は、一大決心して告白をしているかもしれない。終わるころにさりげなく戻るのがいいかもしれないと、わたしは窓から花火を見ながら考えた。

悲鳴が聞こえたのは、変わり花火の最後が終わろうかというときだった。

はじめ、興奮した観客の声だと思った。けれど、それにしては声の様子が違う。

窓から外の様子をうかがおうとしても、段ボール箱が邪魔で窓際まで近づけない。段ボール箱をかき分けながら進んでいると、やけに大きな花火の音が聞こえた。その音に、プレハブがびりびりと震える。さらにはコーヒー豆の香りをかき消すように、火薬のにおいが漂ってきた。

次々と悲鳴が上がる。発射台のほうがやけに明るい。

「暴発……？」

ビンゴカードの入った段ボール箱につまずきながら、わたしはつぶやいた。

花火が、空ではなく祭り会場へ向かって放たれている。そして、地上近くで炸裂《さくれつ》する。笛のような甲高い打ち上げ音とともに、まるで爆弾のように、花火が四方八方に飛び散っていく。

よりによって、いちばん玉数の多いときに暴発が始まってしまった。夜空に打ち上げられる連発花火が、機関銃のように会場に放たれる。すぐそばのテントに花火が命中して、店を構えていた人たちが慌てて逃げ出していく。

逃げなければ。わたしも、急いで段ボール箱をかき分けた。

「──あっ！」

轟音《ごうおん》とともにプレハブ小屋が揺れて、わたしは積み上げられた段ボール箱の雪崩に巻き込まれた。


「……う」

一瞬気を失っていたようだ。幸い頭にぶつかった段ボール箱は軽いものだったらしい。頭にできた小さなたんこぶを手でさわって確かめて、血が出ていないと確認すると、わたしは崩れた段ボール箱をかき分け這《は》い出ようと必死にもがいた。

暴発の音が、さらに大きくなっている。外は人々の悲鳴で騒がしい。避難誘導のために声を張り上げる運営本部の拡声器の声。すぐそばで破裂する花火の音。鼓膜が麻《ま》痺《ひ》してしまったのか、それが遠くに聞こえる。

身体の上にのった段ボール箱をよけ、なんとか道を作ろうと思ったそのとき。プレハブに花火が直撃し、その衝撃で立てかけられていた鉄骨や廃材が出入り口のガラスを突き破り、なかになだれ込んできた。

脚に鉄骨が降りかかり、鋭い痛みが走った。幸い骨は折れていないようだが、鉄骨は重く、手で押しただけではびくともしなかった。

「……誰か！」

叫んでみたけれど、花火の音にかき消されて外まで届かない。そうでなくても人々はパニック状態だ。共同倉庫のことなんて誰も気にしていないだろう。割れた窓ガラスの向こう側に、出店のテントが燃えているのが見える。火を使っていた店も多かったから、おそらくあちこちから出火しているのだろう。

「誰か助けてください！」

鉄骨をどけようと力を込めても、やはりびくともしない。窓の向こうから、テントの焦げるにおいが入ってくる。煙が流れ込んできたので、わたしは慌てて口元を押さえた。

「助けて！」

叫びながら、段ボール箱をどかす。煙はあっという間にプレハブのなかに充満した。この煙を吸い続けたら、中毒を起こしてしまうかもしれない。

そこでわたしは、窓の外の炎が近づいてきていることに気づいた。

「……うそ」

どうやらこのプレハブにも火が回ったらしい。一刻も早くここから脱出しないと。

「誰か！」

叫びながら、わたしは携帯電話をポケットに入れていたことを思い出した。電話で助けを呼ぼう。焦りに震える手で、わたしはポケットのなかを探った。

「……ない」

雪崩の衝撃だろうか。確かにポケットのなかにあったはずの携帯電話がない。あるのはクッキーの包みだけだった。

「そんな……」

包みを握り締めながら途方に暮れるわたしの耳に、「危ない！」「来るぞ！」という拡声器の声が外から聞こえてくる。そして、再びプレハブが揺れた。また花火が直撃したのか、窓の端に色鮮やかな火花が散った。

ついに、窓のそばにあった段ボール箱に炎が燃え移った。

「……誰か、助けて！」

ありったけの声をふりしぼって、わたしは助けを求めた。壁一枚を隔てたすぐそばに人がいるというのに、まるで透明人間になったかのように、わたしの声は誰にも届かない。

「誰か！　誰か助けて！」

火はあっという間にそこかしこに燃え移る。それは大きな炎となって、わたしをのみ込もうと舌なめずりをする。どんなにもがいても、鉄骨はびくともしない。

このまま死んでしまうのだろうか――。

瞬く間に室内の温度が上がる。煙が充満して、息苦しさに頭が朦朧とする。叫ぶ声もかすれてきて、わたしは頭を振ってどうにか正気を保とうとした。いま気を失ったら終わりだ。二度と目を覚ますことなんてできないだろう。

真広に会えないまま死んでしまうなんて嫌だ。

頭のなかに、昔の記憶が流れ込んでくる。最近の記憶から子供のころの記憶まで。

十五年前の夏祭り。わたしは真広とこの会場にいた。

二人で金魚すくいをして。二人でチョコバナナを食べて。りんご飴を買って、射的をして、そしてフォーチュン・クッキーも食べたんだった。くじには数字が書いてあって、テディベアが当たったんだった。

真広は自分の紙を見て、不思議そうな顔をしていた。わたしも、あの紙に書いてあったことは意味がわからなかった。

朦朧とする意識のなか、わたしは段ボール箱を叩いた。力ももう入らない。苦しくて仕方ない。拳がほどけて、握っていたクッキーの包みが転がり出る。

ふと、その包みにくっついていた白い紙に気づく。そういえば占いの結果を見ていなかった。震える指で、わたしはくしゃくしゃになった紙を開いた。

それは、十五年前にわたしが引いた未来の占いと、まったく一緒だった。

『奇跡が起きる』

「……真広、助けて！」

最後の力を振り絞って、わたしは叫んだ。

○

——紗絵。

わたしを呼ぶ声が聞こえる。でも、返事をする気力がない。

たまらなく眠い。暑くて、喉が渇く。

「紗絵、しっかりしろ！」

その怒鳴り声とともに、わたしの頭部にあった段ボール箱が吹っ飛んだ。

「紗絵、起きろ！」

支えを失って、頭ががくりと落ちる。その衝撃で、わたしは重たいまぶたを開けた。

プレハブのなかは火の海だった。備品も床も壁も、すべてが燃えている。煌々《こうこう》と照りつけてくる炎がまぶしくて、自分の身体が燃えていないことが不思議で仕方ないほどに鮮やかな緋色《ひいろ》が、視界を染め上げている。鉄骨ののった脚は熱が伝わってとても熱かった。

そのなかに、動く人影があった。炎の逆光で顔がよく見えない。

金色の髪の毛――？

「紗絵！」

そこにいたのは、真広だった。

彼はわたしの周りにある段ボール箱を、次々と蹴散らした。真広が外に向かって看板を投げると、それは窓ガラスにぶつかって大きな音を立てた。

「……どうして？」

かすれた声でわたしはつぶやいた。

どうして、真広がここにいるのか。どうして、ここがわかったのか。天気予報は晴れだったはずなのに、花火だって上がるくらい天気がよかったはずなのに、どうして彼はここにいることができるのか。

どうして、彼はわたしに会いに来てくれたのか。

「紗絵、わかるか？」

頬を叩きながら、真広がわたしに呼びかける。きっと、わたしを呼び続けていたに違いない。その声はがらがらに枯れていた。

「……真広」

名前を呼ぶと、彼はほっと安堵の息をついた。そして、わたしの身体を強く抱き締めた。熱気と煙で息苦しかったはずなのに、彼の腕のなかにいると呼吸が楽になった気がした。

どうして真広はわたしにさわることができるのか。

「よかった、間に合った……」

真広はそう言って、わたしの髪に顔をうずめた。荒い呼吸を繰り返し、汗でぐっしょりと濡れた身体でわたしを抱き締めていた。

汗だけではない。真広は全身、ずぶ濡れだった。

かすかに彼から雨のにおいがする。

「真広、どうして……?」

外ではさっきまで聞こえていたはずの悲鳴がやんでいた。そのかわりに聞こえてきたのは、叩きつけるような雨音だった。

土砂降りの雨が、祭り会場に降り注いでいた。

「おれ、なんで雨の日しか降りてこれないのか、ようやくわかったよ」

わたしの身体を抱く彼の身体は、全身が薄くぼんやりとした光に包まれていた。それは雨の日に触れた指先のように、紅く燃える炭のような、線香花火のような、あるいは太陽の黒点のような、静かな輝きを持っている。わたしをのみ込もうとしていたはずの炎が、彼の光に遮られているのが見える。真広の腕に包まれ、その光のなかにいると、楽に呼吸ができた。

「雨が降れば、おれは降りてこれるんだ。だから、おれが無理やり降りようとすれば、雨が降るんだよ」

激しいスコールを浴びて、窓の外の炎は瞬く間に小さくなっていった。さっきまでの悲鳴が感嘆の声に変わる。救いの雨だと、誰もが思ったに違いない。

この雨を真広が降らせたなんて、誰も知らない。

真広はわたしの呼吸が正しく戻ったことを確認すると、腕の力を緩め、のぞき込むようにしてわたしの顔を見つめた。

「紗絵が無事でよかった。間に合って、本当によかった」

額に大粒の汗を浮かべながら、彼は笑う。

「もっと早くに来るつもりだったんだ。でも逃げ遅れた人がほかにもたくさんいて、そっちに時間がかかって……遅くなってごめん」

「この事故のこと、真広、知ってたの？」

「……知ってた。これが、おれの最後のキセキの仕事だから」

覆いかぶさるようにして、真広はわたしを包み込んだ。迫りくる炎が光をなでると、彼は苦悶《くもん》の息を漏らす。炎を背中に背負い、その勢いに押されて彼の放つ光がかすかにゆがんでいた。

「紗絵が鉄骨の下敷きになって、出られなくなるのも知ってた。だからおれが、紗絵を助けに来た。大丈夫。おれが絶対、紗絵のこと守るから」

雨が降っても、プレハブのなかの炎は勢いを変えてはいなかった。むしろ、段ボール箱をのみ込み、勢いがさらに強くなっていく。口からかすかに漏れる苦悶の声を、彼は唇を噛んでこらえていた。

この光は、彼の奇跡の力なのだろう。奇跡を起こすために、自分の魂を使って生み出しているのだ。わたしに指先ひとつ触れるだけで疲れると言っていたのに、こんなに大きな光をずっと保ち続けていては、そうとう彼の負担になっているに違いない。

隠し切れない疲労に、額を汗が伝う。目に入らないよう首を振る真広のそれは、まるで自分に活を入れて奮い立たせているようだった。

「川に流されたとき、ごめんな。おれ、本当は紗絵のこと、助けに行きたかったんだ。でも、あのときはまだ〝時〟じゃなかったんだ」

「……とき？」

「十五年前から、おれはこの花火大会の事故を知っていた。紗絵が巻き込まれることも知っていた。だから、あの川に落ちたときは、紗絵がちゃんと助かるってわかっていたんだ」

炎が部屋のすべてを埋め尽くす。真広のかすかな光だけが、わたしのことを守っている。わたしは身体のすぐそばで燃え上がる炎を感じ、恐怖で真広の首に腕を回した。

「ごめんな。悠介のことで、紗絵に嫌な思いまでさせた」

真広の身体は、かすかに震えていた。でも、その身体は燃えるように熱い。自分の魂を削り、キセキの力に変えて、彼は命がけでわたしのことを守ってくれていた。

この雨を真広が降らせたというのなら、彼はどれだけ自分の魂を削ってしまったのだろう。その広い胸に頬を寄せ、わたしは真広の身体を抱き締めた。最後に彼に触れたときは、まだ細かったはずなのに。わたしより背が小さくて、華奢な手足だったはずなのに。守り抱いてくれる身体は、見違えるほどに、強くたくましい大人のものになっていた。

「わたしこそごめんね」

十五年ぶりの、真広の身体。その胸に、わたしは顔をうずめる。その胸から鼓動が聞こえることはなくて、わたしは真広が隣で死んでいたあの日のことを思い出した。

あの日から、彼の心臓は、ずっと止まったままだ。

なのに彼はずっと、わたしのそばにいてくれた。姿かたちをわたしの成長に合わせて、十五年もの歳月をキセキとして過ごしてきた。

そのすべては、今日の日のためだったと、彼は自分の魂を削りながら教えてくれた。

炎が身体をなでるたびに、光が弱くなっていく。抱き締める腕の感触が、次第に薄れていく。それでも彼は、身を挺《てい》して、わたしのことを守り続けてくれる。

「大丈夫だ。もうすぐ火も落ち着く。そうしたら、外から人が入ってこれるはずだ」

ふいに、抱き締めていたはずのわたしの腕が、彼の身体をすり抜けた。

「……真広、なにこれ？」

真広の身体は、まるで自分を燃やし尽くしてしまうかのように熱さを増していた。

その身体が、少しずつ透けていく。

「大丈夫。ちょっと力を使いすぎただけだから。紗絵が助かるまでは、ちゃんともつから」

「大丈夫じゃない。真広、消えちゃいそうだよ……！」

そう言って、わたしは気づいた。

キセキが消えるとき。それは、命に関わったときだと。

真広はいままさに、わたしの命を救うべく、ここにいる。真広は直接、燃え盛る炎から自分を盾にして、わたしの命を守ってくれていた。

キセキが犯してはいけないタブーを、いままさに、真広は犯していた。

「紗絵を守れるなら、おれはそれでいい」

声になり切らないかすかな声で、彼は言った。

「おれは、紗絵を守るためにキセキになったんだから」

燃やすものがなくなったのか、ようやく、炎の勢いが少しずつ弱くなっていく。それに気づき、彼はほっとしたように、わたしの身体の上に崩れ落ちた。抱き締める腕がなくてもいい。彼がいるだけで、わたしは守られている。

「自分が死ぬってわかったとき、すごく怖かった。死にたくなんてなかった。でも、キセキになったら紗絵のことを守れるって教えてもらったから、死んだらキセキになろうと思った」

睡魔に襲われたように、真広のまぶたが落ち始める。あの雨の夜の、ベッドのなかの真広のように。あの日の夜を、わたしたちは再び、雨のなかで過ごしている。

これがあの日の再現なら、真広はまた、死んでしまう。

わたしのもとからいなくなってしまう。

「真広、もういいよ。もうやめて。このままだと、真広の身体がもたないよ」

「大丈夫だ。助けが来るまではもつから。ごめんな、この鉄骨をどかして運んでやるのがいちばん早かったんだけど」

雨を降らせるために、彼はたくさんのキセキの力を使ってしまった。わたしを抱き締めるだけで、精いっぱいに違いない。

「……これが最後だから、紗絵に特別に、キセキになる方法を教えるよ」

まぶたを閉じて、彼はかすかに唇を動かす。消え入りそうな声で、ささやくようにわたしに教えてくれる。

「キセキになれるのは、この世に未練を残した魂だけなんだ」

そのまぶたからひと筋の涙が流れるのを、わたしは見逃さなかった。

「もっと生きていたかった。そう思う魂がキセキになって、生まれ変わるまでのあいだに少しだけ時間をもらうんだ。誰にも気づかれないよう奇跡を起こして、少しでも自分がいた証を残したかった。結局はおれも、未練がましい幽霊なんだよ」

「真広……」

「死にたくなかった。ずっと紗絵と一緒にいたかった。だから、死んでも死に切れなかった……紗絵が危ない目に遭うのを知って、黙って見過ごせなかった」

どうしてこんなときに、真広は大事なことを言うのか。怒りたいけれど、こんな弱々しい彼を見ていたら怒ることなんてできない。わたしの肩に顔をうずめて、嗚咽《おえつ》する真広を、わたしは抱き締めることもできない。

「紗絵と、ずっと一緒にいたかった。大人になっても、ずっとずっと。白髪頭のおじいちゃんとおばあちゃんになるまで、一緒にいたかった」

わたしが諦め切れなかった未来を、真広も同じように、思い描き続けていた。

「おれにはもう、それができないから。だから、せめてキセキとして紗絵のそばにいたかったんだ。こうやって紗絵のこと守ることができて……よかった」

「でも、これじゃあ真広が消えちゃう」

「いいんだ。紗絵と一緒にいられないなら、紗絵のことを守って消えたい」

目の前にいるはずの彼が、少しずつあいまいになっていく。それが嫌でもわかって、わたしはさわれないとわかっていても彼を抱き締めずにいられなかった。

「真広、消えないで」

彼の身体が、すりガラスのように透けてしまっている。彼の身体越しに、炎で焼けただれた天井が見える。

「ごめんね、真広。わたし、わがまま言った。真広のこと傷つけた。真広がなんでキセキになったかも知らないのに、知ろうともしないで、自分のことしか考えてなかった」

どうしてわたしは、こんなにも幼いのだろう。自分のことばかり考えて、真広の気持ちなんてこれっぽっちもわかっていなかった。彼は孤独に耐えながら十五年もの月日を過ごしたのに、わたしはその気持ちを理解しようともしなかった。

そんなわたしを守るために、真広は今日このときまでずっと、わたしのそばにいてくれたのだった。

そしていま、わたしを守ることで、自分の身を犠牲にしようとしている。

「消えないで、真広。一緒にいて」

すがりつくように、わたしは真広の胸に顔をうずめた。真広は確かにいるはずなのに、空気を抱いているようにしか思えない。崩れ始めた天井のかけらが、わたしの顔にかかる。真広の存在なんてないように、かけらが彼の身体をすり抜けて落ちてくる。

「花火の約束、守れなくてごめんな、紗絵」

わたしは目を見開き、真広の顔を見つめ続けた。

「また一緒に、花火見たかったけど。おれが降りてくるとさ、花火見れないじゃん」

花火の音は、もうしない。雨が花火の火薬を濡らしたため、暴発は止まった。これ以上、花火が打ち上がることはない。

「でもおれ、今日、初めて雨のことが好きだと思ったよ。雨が、紗絵のこと守ってくれたから」

息も切れ切れに、真広はわたしのために力を使い続けた。その表情は険しく、少しでも緊張の糸が切れれば、いまにも気を失ってしまいそうなほどだった。

「紗絵を守って消えるなら、おれはもう、悔いはないよ」

かすかに微笑みを浮かべ、真広はわたしに唇を寄せた。

「大好きだ、紗絵」

崩れた天井の隙間から雨粒が滴り、わたしの唇に落ちる。

それとともに、真広の唇が重なった。

「真広……」

わたしたちはいま確かに、十五年ぶりの口づけをした。

この口づけはもう、子供のころのおやすみのキスではなかった。

「愛してるよ、紗絵」

そしてそのまま、彼は意識を失った。

「いや、真広！　消えないで！」

その身体を抱き締めながら、わたしは真広の名前を呼んだ。ぐったりと力をなくし、浅い呼吸を繰り返すその身体が、次第に揺らぎ始める。雨上がりの水たまりのように、少しずつ蒸発しながら空へとのぼっていく。

「一緒にいて、真広！　わたしを置いていかないで！」

どんなに呼んでも、彼は目を開けなかった。そして、光が弱まることもなかった。

彼の残り少ない魂に守られ、わたしは静まっていく雨音に叫んだ。

「真広を連れていかないで！」

その輪郭が、薄れていく。金色の髪が、さらに色が抜けて、光の砂のように崩れていく。少しずつ姿を失っていく真広の顔は、穏やかな笑みを浮かべていた。

それは十五年前、わたしの隣で眠っていた彼の微笑みと同じだった。

髪が、耳が、少しずつ消えていく。彼の耳にたくさんつけられたピアスまでが、溶けるようになくなっていく。

身体が崩れていっても、わたしを守る光は消えることがなかった。最後の最後まで、真広は、わたしを守り続けてくれるのだった。

「真広……！」

キセキの鑑札だと言っていた彼の右耳のピアスが、わたしの上に落ちたとき。

真広は、消えてしまった。

○

勢いよく噴き出された消火剤が、プレハブ小屋の視界を真っ白に染めた。

「大丈夫ですか！」

その視界をかき分け、ようやく助けがやってきた。燃やすものをなくして勢いを弱めていた炎は、消火剤であっという間に鎮火した。かすかに残ったキセキの光はわたしを包み込んでいたが、その光も輝きを失い、消えかけのしゃぼん玉のようにもろく崩れ去ってしまいそうだった。

「紗絵ちゃん、大丈夫⁉」

消火剤の向こうから、聞き慣れた声がした。

「紗絵ちゃん……無事でよかった」

助けに来てくれたのは、マスターだった。

床にかすかに残る青白い残り火を踏みつけ、マスターはわたしの無事を確認してほっと胸をなで下ろした。綺麗に整えられていた髪はすっかり乱れ、甚平は煤《すす》だらけだった。きっとわたしのほうがひどい姿に違いない。けれど、わたしは確かに無事だった。

マスターがわたしの身体を起こした瞬間、光は完全に消えてしまった。

真広の残り火が、消えてしまった。

「マスター、真広が……」

「紗絵ちゃん？」

マスターは、キセキとなった真広を知らない。

それでも、わたしは言わずにいられなかった。

「真広が、消えちゃった」

泣きじゃくりながら、わたしはマスターに言った。一人でなんてとても抱えられなかった。誰かにこの思いを、受け止めてほしかった。

「真広が、いなくなっちゃった」

こぼれる涙を拭いもせず、わたしは子供のように泣いた。

「わたしのせいで、真広が、消えちゃった」

プレハブ小屋に入ってきた救助隊の人たちが、鉄骨を外に運び出す。マスターはわたしのそばに膝をついて、子供をあやすように頭をなでてくれた。

「紗絵ちゃん、手を出して」

ささやくように、マスターがわたしになにかを握らせる。救助隊の人たちに気づかれないよう、さりげなく、身体を心配するふりをしながら。

手のなかに握らされたもの。それは、真広がつけていたキセキの鑑札だった。

なぜこれだけ残っていたのか。真広は髪の毛一本残さず、すべて消えてしまったはずなのに。

「これは、紗絵ちゃんが持っているといい」

包み込むように握らせながら、マスターは言った。

「真広が、確かにここにいた証だから」

彼は確かに、確かに、真広の名前を口にした。

なぜマスターが、真広がいたことを知っているのか。

「真広は頑張ったよ」

「マスター……」

呆然とつぶやくわたしのもとに、防火服をまとった消防士が駆け寄ってきた。鉄骨はすべて身体の上からなくなり、わたしは軽々と抱きかかえられてプレハブ小屋から運び出された。

外の雨は、もうやんでいた。

真広は、あとかたもなく消えてしまった。

五　キセキが愛した奇跡

あの暴発事故は、時間でいえばほんの数十秒の出来事だったらしい。

暴発自体は、一瞬だった。けれど、その衝撃と燃え移った炎に祭り会場はパニックに陥り、混乱に陥ったのだった。祭りの係の人々も、避難誘導と出店に広がる火を食い止めるのが先決で、倉庫に人がいるとは誰も思っていなかったようだ。

大きな事故だったにもかかわらず、誰一人として死者が出なかったことは奇跡だと言われていた。予報になかった雨が降ったからこそ、消火が早く進み、被害が少なく済んだ。けが人もみな、軽傷だったそうだ。

雨が降ったのは奇跡だった。

あの炎のなかに取り残されたわたしが生き残ったのもまた、奇跡だと言われた。

その奇跡はすべて、真広が起こしたものだった。

大きなやけどこそしなかったけれど、わたしは脚にガラスの破片が刺さり、炎に巻かれて煙を大量に吸っていた。すぐに病院に運び込まれたけれど、幸い一日の入院で済んだ。

運び込まれたのは、神社の石段から落ちたときと、川に落ちたときにお世話になったのと同じ病院で、短いあいだに三度も救急車に乗ることになるなんてと不憫《ふびん》がられたが、炎のなか生き延びたわたしを見て医師も看護師もとても驚いていた。

暴発事故のニュースは、連日テレビで報道されていた。原因は発射台の設備不良だったらしい。発射台の近くにいた花火師たちも大きなけががなかったため、報道は夏休みが終わるころにはすっかりなくなっていた。

そして新学期が始まり、わたしは慌ただしい学校生活を過ごしていた。夏休みが明ければまた学校行事に追われ、学校祭の準備や修学旅行の引率に同行するなどで、家に帰る時間も遅くなっていた。仕事が終わったあとの勉強も、試験が終わってしまえばもう必要ない。

リトル・グリーンで再びコーヒーを飲む時間ができたのは、夏もとうに終わり、鎮守の森の木々が色づき始めた秋のことだった。

「紗絵ちゃん、もう来てくれないんじゃないかと思った」

カウンターの向こうに立ったマスターが、いつもの飴色のコーヒーカップに、いつものブレンドを淹れてくれた。わたしはいつものようにブラックのまま飲んで、変わらない味にほっと息をついた。

「またここに来る勇気がありませんでした」

入院しているあいだに、マスターとは一度会っていた。わたしが火事に巻き込まれる原因になったのは、もとはといえば出店の頼まれごとをしたからだ。綾音と二人で頭を下げられ、わたしは包帯でぐるぐる巻きにされた脚を隠しながら、顔を上げてくださいと言ったのだった。

マスターたちのほうが、花火会場に近かったぶん、暴発の衝撃が大きかったはずだ。マスターは綾音を守りながら、パニックを起こした観客を必死に誘導していたそうだ。それは煙草を吸っていた男子生徒を追いかけていた悠介も同じで、暴発事故が起きたあとは逃げ惑う観客たちを守ることに必死だった。ちなみに、その騒ぎで男子生徒を逃がしてしまったけれど、その後、校内での喫煙騒ぎはなくなった。

あの火事は、誰も悪くない。ただ、運が悪かっただけ。

そして、キセキがわたしのことを助けてくれた。だからわたしはいまもこうやって、マスターのコーヒーを飲むことができている。

「せっかく毎日頑張って勉強したのに、あの事故のあとに試験で、大丈夫だったのかい？　脚だってそうとう痛かっただろうに」

「むしろ、それで変な緊張が取れた感じでした。もうどうにでもなれって思って、面接受けてましたから」

この店のテーブルにノートを広げて勉強していた日々が懐かしい。リトル・グリーンに通えない日が続くうちに、顔を出しづらくなってしまっていた。綾音とは学校で顔を合わせていたから、マスターの話はそのたびにうんざりするほど聞かされていたけれど。

綾音はなぜか、夏祭り以降、物語の続きを読ませてくれることがなくなった。わたしが再びリトル・グリーンを訪れようと思ったのは、自分の身の回りのことが落ち着いたからだった。マスターに連絡をすると、彼もわたしと話がしたいと言ってくれた。

だから土曜日の今日、店に『CLOSED』の札を下げて、わたしだけの貸し切りにしてくれたのだった。

店の窓から外を見ると、河川敷に事故の跡はまったく残っていなかった。季節が移り変わり、青々とした芝生も枯色をのぞかせ始めている。あれだけおいしそうだった入道雲の姿はもうどこにもない。あっという間に夏が終わってしまったと、空を泳ぐ雲が教えてくれた。

また、気候が不安定な季節になっていた。雨が降ったりやんだりと、ころころと変わる。窓ガラスに小さな雨粒がついているのを見て、わたしは傘を持ってきてよかったと思った。

暴発事故のあと、何度も何度も雨が降った。

けれど、真広がわたしのもとに現れることはなかった。

「……髪、ずいぶん短くしちゃったんだね」

「だいぶ焦げちゃったんで、思い切って切りました」

長さがまばらになってしまったため、わたしは長年伸ばしていた髪を思い切ってショートにした。

「気分転換でちょうどいいですよ。そんな悲しそうな顔しないでください」

「だって、髪は女の子にとってとても大事なものじゃないか」

「あの火事のなか生き残れたんです。それで充分です」

切ってみたら意外と気に入った。そもそも長い髪にこだわっていたのだって、塔子先生の真似をしていたからだ。短い髪に慣れるまでは、鏡や窓ガラスに映る自分を見て一瞬誰かわからなかったりもしたけれど、これも自分らしくていいなと思った。

髪も短くしたので、気分転換ついでにわたしはピアスの穴を開けた。仕事中は髪で隠しているあたりは、まるで校則違反をした生徒のようだ。お洒落の要素がひとつ増えて、自分でも雰囲気が変わったなと思っていた。

「それより、マスターに聞きたいことがあって」

「どうぞ」

自分の分のコーヒーを淹れて、マスターはひと口飲んで味を確かめ、満足げにうなずいた。

「マスターはどうして真広がいたことを知っていたんですか？」

事故のときのことを、わたしはところどころにしか覚えていない。けれど、助けに来てくれたマスターのことだけは、いまもはっきりと覚えていた。

「やっと、ここに聞きに来れました。教えてください、マスター」

「……聞かれると思ってたよ」

コーヒーで唇を湿らせたマスターは、カップをソーサーに戻して、眼鏡の奥のまぶたをゆっくりと閉じた。その目尻の皺は年齢を刻んだ証で、やっぱり、彼はいつまでたっても外見に変化がないなと思う。銀縁眼鏡が理知的で、けれど浮かべる笑みは柔らかくて、わたしは何度その穏やかな声色に癒やされたことだろう。

「紗絵ちゃんにはこれを見せたほうが早いかな」

そう言って、彼はかけていた眼鏡を外し、わたしに手渡した。

「これ、度が入ってないの……？」

「そう。フレームの内側を見てみて」

「内側？」

そこには、まるで結婚指輪のように文字が彫られていた。

奇跡 1

「この番号って……」

　わたしは真広のシルバーピアスを思い出した。

「マスターもキセキってこと……？」

「……そう。僕はこちらの世界に住んで、この喫茶店を拠点にして、店に来るキセキたちに未来を教えてるんだ。紗絵ちゃんたちが生まれるずっとずっと前から、僕はキセキの仕事をしている。数え切れないくらい、長い年月をね」

「……ずっとずっと前？」

「うん。キセキにもいろんな種類があってね。人には見えないキセキから、僕のように人のふりをして目に見えるキセキもいるんだ。紗絵ちゃんには、すべてを話すよ」

　わたしの手から眼鏡を取り戻すと、マスターはそれを畳んでカウンターの上に置いた。眼鏡をかけていない彼の顔を、わたしは初めて見た。いつもレンズ越しに見ていた瞳は、遮るものがなくなると、吸い込まれそうなほどに深い漆黒を宿していた。

「真広をキセキにしたのは、僕なんだ」

その瞳に見つめられて、わたしは視線を逸らすことができなかった。瞬きをすることもできず、マスターと見つめ合う。まるでブラックホールのように、光までをも吸い込んでしまいそうな瞳を見つめているうちに、わたしの頭のなかになにかの映像が流れ込んできた。

それは一面に広がる、火の海だった。そしてそのなかに、逃げ遅れたわたしの姿があった。

「これが、僕のキセキの力」

それはまさしく、わたしがプレハブのなかに閉じ込められ、火に巻かれたときの姿だった。夏祭りの暴発事故が、まるで第三者の視点から見ているように再現されていた。

「僕と同じように未来を見ることができるキセキはいないんだ。そして僕は、ほかのキセキのように、期間限定の死んだ魂じゃない。現世で生を繰り返しては、これから起きる未来に備えて奇跡を起こす準備をしているんだ」

よく見ると、その映像はあの日のことを再現したものではなかった。それを証拠に、映像のなかにはいつまでたっても真広が現れなかった。

「いま、キセキも人手不足でね。起こさなきゃいけない奇跡はたくさんあるのに、その奇跡を起こす人が足りなくて未来が変わってしまうことがあるんだ。そうしたら、そのあとの未来も少しずつ変わっていってしまう。未来が変わることは、あまり好ましいことではないんだ」

映像のなかのわたしは、服に火が燃え移って半狂乱になっている。その光景に、背筋がぞっと凍りついた。それは実際、あの炎のなかで、わたしの身に起こっていてもおかしくないことだった。

「キセキの誰かが助けに行けば、紗絵ちゃんは助かって無事に残りの人生を生きることができた。でも僕たちの仲間はその日とても忙しくて、行ける人が誰もいなかった。だから紗絵ちゃんには奇跡が起きずに、助からず死んでしまうという未来に変わってしまいそうだった」

確かにあのときわたしは自分の死を覚悟した。誰も助けに来てくれないなか、ここで自分は死んでしまうのだと思っていた。

「だから僕は、キセキの素質がある人をスカウトしていたんだ。十五年前、真広が引いたくじには、この紙が入っていたんだよ」

マスターがカウンターの上にいつものフォーチュン・クッキーを置く。

それを手に取り、わたしは割った。そしてなかに折り畳まれていた紙を開き、そこに書かれた文字を食い入るように見つめた。

『奇跡を起こす』

占いには、そう書かれていた。

「真広が夏祭りの次の日に死んでしまうのを、僕は知っていた。だから、こっそり家族のもとを離れて占いの意味を聞きに来た真広に、この映像を見せたんだ」

十五年前のあの日。夏祭りの会場で姿を消した真広がどこに行っていたのか。それをわたしは、ようやく知ることができた。

「真広は自分が死ぬって言われて驚いていたけど、紗絵ちゃんの未来を知ったら、ふたつ返事でキセキになると言ってくれたよ」

そしてベッドのなかで、彼が最後に言った言葉の意味を、理解することができた。

『紗絵のことは、おれが守るから』

幼き日の真広は、自分の身にこれから起きることをすべて知ったうえで、わたしのことをいちばんに考えてくれていたのだった。

「真広がいなかったら、紗絵ちゃんは助からなかった。真広はあの暴発事故の日のために、十五年間キセキの仕事をして、紗絵ちゃんを助けるための力を身につけたんだ」

あの暴発事故のなか、真広はわたしを助けるだけではなく、発射台の近くにいた花火師や、混乱して逃げ惑う人たちを助けることにも大きく貢献した。大きな火事にならなかったのは、真広があの雨を降らせたから。そしてほかの人たちを助けようとしたから、わたしのもとへの到着が遅れてしまったのだとマスターは言う。

「本当なら、鉄骨の倒れ方を調節して紗絵ちゃんが自力で逃げられるようにすればよかっただけなんだ。火の勢いを弱めながら、紗絵ちゃんが外まで逃げられるようにすべきだった。でも真広は倉庫にたどり着くのも遅かったし、自分も力を使いすぎて動けなくなっていて、あんな無謀な助け方になったんだ」

真広がほかの人たちのことなんか放っておいて、わたしだけを助けようとしていたら、あんなことにはならなかった。

けれど困っている人を見捨てられないのが、真広だった。

「真広は、本当にすばらしいキセキだったよ。失うのが惜しいほどにね」

その真広がどうなってしまったのか。わたしは怖くて聞けない。だからずっと、リトル・グリーンに来ることができなかった。マスターがまぶたを閉じるとともに、頭に流れ込む映像が消えて、わたしはやっと瞬きをすることができた。

「じゃあマスターはなぜ、あの倉庫で火事になることがわかっていたのに、わたしがそこに行くことを止めなかったんですか？」

「知った未来を、自分の都合のいいように変えようとすることは、僕らがいちばんしてはいけないことなんだ。暴発事故が起きるとわかっていても、夏祭りが開催される未来が見えたらそれに従うしかない。あくまでもキセキはキセキ。奇跡を起こす以外のことを、決してしてはいけない」

レコードの音楽が終わって、店のなかがしんと静かになる。勢いを増した雨の音が店内に響く。

キセキは奇跡しか起こせない。真広が身を置いた世界では、限られたことしかできなかった。

そしてキセキは、命に関わることを禁忌とされていた。

それでも彼は、わたしを助けるために、自分を犠牲にしてくれたのだった。

「僕はいまでこそこうしてキセキたちに指示をする側になってしまったけれど、昔は自分でも奇跡を起こしていたことがあったんだ」

マスターが窓の外を見ながら、言う。窓の外を、部活帰りの生徒たちが歩いている。今日は土曜日、授業はない。高校の名前が入ったジャージを着て、大きなスポーツバッグを肩に下げて歩くのはサッカー部の生徒たちだ。彼らは傘のしぶきをかけ合いながら楽しそうに歩いていた。

「自分の目で未来を見て、そして自分が起こすべき奇跡を知る。それが僕の使命だった」

でも、とマスターは言葉を切った。

「僕は助かるべき人を、助けることができなかった。だから誰にも、自分のような思いはさせたくなかった。紗絵ちゃんが助かって、本当によかった」

冷めてしまったコーヒーを口に含み、マスターは生徒たちを見つめる。今日は店の前の人通りが多い。道行く人々の姿を眺めながら、かつての記憶を眺めているようだった。

「綾音ちゃんのあの物語の続きはね……夏祭りの夜に、駆け落ちをするために想い人が来るのを待っていた『私』が、家の人に連れ戻されてしまうんだ」

「……え？」

「それで『私』は、閉じ込められた自分の部屋に火をつけてしまうんだよ。火の手が上がれば、部屋から出してもらえると思って。もちろん、『私』は自分のしたことに気づいて、火を消そうとした。けれど火の勢いが早くて、消すどころか自分の逃げ場まで失ったんだ。花火の音で助けを求める声はかき消されて、誰も助けに来てくれなくて――『私』はそのまま火の海のなかで命を落とした。思い出の万年筆を胸に抱きながらね」

コーヒーカップを強く握り締めながら話すマスターの眉間には、深い皺が刻まれていた。いつものあの柔和な笑みは、そこにはなかった。

「『私』の物語は、それで終わってしまっている。だから『私』は知らないままだけど、想い人――キセキは、ちゃんと彼女に起こることを知っていて、助けに行こうとしていたんだ。でも、彼は仕事をたくさん抱えていて、彼女のもとに駆けつけたときにはもう遅かった。キセキの人手があと一人だけでもあれば、自分が真っ先に彼女のもとに行けたのにって、とても悔やんだんだ」

「……マスター」

「少しでも、彼女に未来を教えることができればよかった。未来が変わったって構わない。彼女が火つけなんてしないで済むように、もっと早く、彼女と生きる未来を自分の力で切り開けばよかったって」

いまにもコーヒーがこぼれてしまいそうなほど、マスターの手は震えていた。当時の様子が鮮明に目に浮かんでいるのだろう。彼は何度も繰り返した現世の生のなか、そのことをずっと胸に抱えて、いままでキセキを続けてきたのだ。

震えるその手にわたしが自分の手を重ねると、彼は我に返ったように目を見開いた。その瞳はまた光を吸い込み、遠いどこかを見つめていた。

「じゃあマスターは、今回はちゃんとその人のことを助けてあげられたんですね」

「……でも、彼女のことばかり考えて、自分の本来の仕事なんて忘れてしまっていたよ」

「そのぶん、それを真広が頑張ってくれたんです。だから、いいんです」

彼の瞳が、少しずつ光を取り戻していく。それを確認してから、わたしは重ねていた手を離した。

「……初めて綾音ちゃんを見たとき、まさかと思ったんだ。彼女そっくりの顔をして、彼女と同じように苦々しくコーヒーを飲んで、あのときと同じ万年筆を持っていたから」

「綾音の物語はやっぱり、本当にあったことなんですか?」

「本当だよ。あれは綾音ちゃんの、前世の記憶を書いているものだから」

その記憶を呼び起こしているのは、綾音自身なのか、それともあの万年筆なのか。それは彼女にしかわからない。わたしにわかるのは、あのノートの上に広がっていた世界は虚構ではなく、紛れもなく現実にあったことだということ。

「あの子が生まれ変わってもまた僕のところに来てくれたなんて、本当に奇跡だと思った……」

キセキが、奇跡だと口にする。

「マスターにも起こせない奇跡ってあるんですね」

「そう。世の中には、僕らが起こせない奇跡もあるんだよ」

自嘲気味に笑った彼の顔は、またいつもの柔和な微笑みを取り戻しつつあった。カウンターの上に置いたままの眼鏡をかければ、いつものリトル・グリーンの店主がそこにいた。そして、『私』の物語の想い人もまた、そこにいたのだった。

「紗絵ちゃんは真広と一緒に生きていたいと思っていたのに……その願いを奪ってしまって、ごめんね」

「いえ……真広のおかげで助かった命ですから」

きっとマスターにはわたしの気持ちなんてお見通しなのだろう。だから、嘘はつけない。わたしは言葉を濁すことしかできなくて、空になったコーヒーカップを両手に抱えたままもてあそんでいた。

「マスター。わたしまた、ここに通ってもいいですか」

「もちろん。紗絵ちゃんならいつでも大歓迎だ」

「きっと、産休の期間が終わっても、わたしずっとここに通うと思います。だから、わたしが来たらいつもこのブレンドを淹れてくださいね」

「もちろんだよ」

「なんでって聞かないんですか？」

わたしの言葉に、マスターはしまったと額を押さえた。やっぱり、彼はわたしのこれからを知っている。それでも知らんぷりをしなければならないなんて、キセキとはなんと七面倒臭い仕事なのだろう。

「教員採用試験、合格の通知が来ました。春からわたし、正採用の養護教諭です」

暴発事故のあと、わたしはろくな心構えもできないまま二次試験に臨んだ。それがかえってよかったのだろう、何度も跳ね返されていた面接官に受け入れてもらえたようだった。

合格通知が届いたとき、奇跡が起きたと思った。けれどこれは、奇跡でもなんでもない。ましてや、キセキが手を貸してくれたものでもない。

紛れもなく、わたし自身が起こした奇跡だった。

「塔子先生が、復帰せずにそのまま退職することになりました。生まれた子供と、綾音との時間を大切にしたいって。綾音の大学受験を支えたいって。校長先生が、わたしをこのまま残してくれるように動いてくれるそうです」

「それもまた、ひとつの選択だよね」

「あの物語が終わってしまったら、綾音のこれからはどうなるんでしょう」

マスターから『私』の物語を聞かされて疑問に思ったのは、綾音自身のこれからだった。彼女は暴発事故の日、マスターに守られて助かった。かつての『私』が歩んだ道はもう、ない。

綾音は『私』の結末が見えたとき、なにを思ったのか。書いたのか、それとも書けなかったのか、それは彼女にしかわからない。ただ、その結末を知ってわたしに読ませることができなかった綾音の気持ちは、わかるような気がした。

「綾音ちゃんが書く『私』の物語は、あれで終わり。続きもなにもない。綾音ちゃんは自分の前世の記憶に気づかないまま、また新しい、自分だけの物語を書き始めると思うよ」

「マスターとは、どうにもならないんですか？」

「おじさんと女子高生の恋は、犯罪だよ」

そう、彼は苦笑する。あの花火のときに、綾音から愛の告白はあったのだろうか。それは彼と綾音にしかわからない。こちらから訊くのも無粋なことだった。

「じつは自分でも怖くて、その未来だけは見てないんだ」

そう白状したマスターは、耳の先をほんのりと赤く染めていた。

「じゃあ、いつか綾音がそのことを物語にしてくれるのを、わたし待ってます」

「僕も、そうしようと思うよ」

顔を見合わせて、わたしたちは笑う。

これから続く日々に、未来に、影はたくさん落ちるだろう。けれど、明るい日だって、あるに違いない。未来が少しでも明るいものであるように。そのための努力をするのはキセキだけではない。わたしたち一人一人も、自分の手で未来を切り開くのだ。

「……わたしはもう、真広には会えないんですか」

わたしが、マスターにずっと聞けなかったこと。それは、消えてしまった真広のことだった。

雨が降っても、真広はもう現れない。あの暴発事故の日、キセキのタブーを犯し、空に消えていった真広は、いったいどこに行ってしまったのだろう。

魂が燃え尽きて、あとかたもなく消えてしまったのだろうか。

「真広は、キセキの力を使い果たして、ただの魂に戻ったんだ。もう、奇跡を起こすことはできない」

「命に関わったキセキは消えてしまうって……真広から聞きました」

キセキの秘密をしゃべってしまった真広に、マスターは苦笑した。

「キセキが消えてしまうっていうのは、自分が自分であったことを忘れてしまうってことなんだ」

「……え？」

「真広の魂はもう、自分が逢田真広だったという記憶をすべて失ってしまっている。誰でもみんな、綾音のように、前世の自分を心のどこかで覚えているんだ。でも真広にはもうそれがない。逢田真広という存在は、完全に消えてしまったんだ」

感情を出すことなく、マスターは淡々とそれを教えてくれた。

「死んでもなお、現世に未練があるくらい、キセキはかつての自分にしがみついているんだ。そんな自分が消えてしまうということは、キセキにとって、とても恐ろしいことなんだよ」

自分が自分であったことを忘れてしまう。それは、自分の気持ちも、思い出も、すべてを奪い取られてしまうということだった。

生きていた十年間にあった出来事も、死んで、キセキになってから起きた出来事も、真広にとっては全部大切だったものに違いない。自分が生きていたころの希望と、それを失ってもなお描き続けた未来への夢と。死んでもなお、ずっと一緒にいたわたしとの思い出も、彼はすべて忘れなければならなかった。

「キセキにとって、記憶は、なにより失いたくない大切なものだからね」

わたしを愛していると言ってくれた、その気持ちも。彼はもう、すべてを忘れてしまったのだ。

「真広はもう、わたしのことを覚えていないんですか……？」

「自分が真広であったことですら、忘れてしまっているよ」

わたしの目から、涙がこぼれる。真広が消えたあの日から、泣かない日はなかった。この目がなくなってしまえばいいと思うほど泣いても、涙は枯れることがなかった。

「真広はこれから、どうなるんですか？」

「ほかの幽霊たちと一緒で、新しく生まれ変わるのを待つだけだよ。『私』が死んで綾音に生まれ変わったように、真広の魂もまた、いつか生まれ変わる。もともとキセキは、死んだ魂が生まれ変わるまでのあいだだけなるものだからね」

だから真広は炎のなかで、『最後の奇跡』だと言ったのだ。

いつかまた力を取り戻した真広がひょっこり戻ってくると、わたしは期待していた。けれど、実際は違う。やっぱりあれは、彼との別れだったのだ。

「わたし、真広にもっとたくさん言いたいことがあったのに……」

謝りたかった。助けてくれたお礼も言いたかった。もっとたくさん、いろんなことを話したかった。別れがあんなに突然だとは、思ってもいなかった。

子供のころ、ベッドのなかで息を引き取っていたあのときのように。

真広はまた、わたしの前から突然姿を消してしまった
「ちゃんと真広に、好きって言いたかった」

真広に与えられるばかりで、わたしは彼になにもしてあげられなかった。いつも彼に甘えていた。いつまでもキセキとしてわたしのそばにいてくれると思っていたから。彼が消えてしまうなんて思ってもいなかったから。

これからわたしは、どうしたらいいのだろう。真広がいなくなってしまったら、せっかく助けてもらったこの命を、どうやって生きていったらいいかわからない。

涙が止まらない。マスターに泣き顔を見られたくなくて、わたしはうつむいた。外は雨が降り続いている。

「……これは気休めにしかならないかもしれないけど」

そっとハンカチを差し出しながら、マスターは言った。

「僕はあの子が死んでしまってから、ずっとずっと苦しい気持ちを抱えていたけれど、いまようやく、あの子にまた巡り会うことができたよ。いままでもこれからも、あの子のことだけをずっと想い続けて、生きていくと思うよ」

わたしはハンカチで目を押さえた。そっと目頭に当てて、涙を吸い込ませる。

「僕らにも起こせない奇跡は、確かにあるよ。いつかそれが起きることを信じて待ち続けたら、いつかまた、真広に逢える日が来るかもしれない」

「……わたしはいますぐ、真広に会いたいです」

「誰だってそう思うよ。仕方ないけど、でも、諦めるしかない。時間がたてば、少しずつ気持ちも落ち着いてくるはずだから……これをいま紗絵ちゃんに言っても、受け入れられないとは思うけど」

マスターの声はとても優しい。わたしがちゃんと受け入れることができるよう、ゆっくりと話す言葉のひとつひとつが胸に染み入ってくる。それがまた涙をあふれさせて、わたしは漏れそうになる嗚咽を喉の奥でこらえた。

「でも乗り越えられるということは、僕が保証する。時薬《ときぐすり》があるからね」

どんなにつらくても、時が癒やしてくれる日が来る。時薬というものがあるということは、わたしも知っていた。

真広の両親が、たくさんの涙を流しながらも、お互いを支え合いながら癒やしていった十五年の時薬。悠介だって、家族の死を整理するのに、たくさんの時間を必要とした。

いまもなお、みんなの心は、時薬を必要としている。

わたしにはいまようやく、真広の死と向き合わなければならない時が来たのだった。

「時薬は、ゆっくりとしか効いてくれない。時計の針が一秒一秒進むのを、じっと見つめてるだけで治るものではない。でも、いつの日か、時薬が効いたなと昔の自分を思い出せる日が、必ず来るから」

振り子が揺れる壁時計を見つめるマスターは、途方もない時の流れに身を置いている。キセキという自分の定めに従い、これから先、永久に続いていく未来を見つめていかなければならない。彼にとってわたしの一生なんてちっぽけな時間だ。けれど、その時間がどれほどに大切なのかを、いとしい人を見つめ続ける彼は知っているのだった。

「真広の記憶が消えてしまったって言ったって、綾音だって、僕が目の前にいることに気づいてくれていないんだよ。紗絵ちゃんもきっと、真広が覚えていなくても、生まれ変わった真広に会えばきっとわかると思う」

涙を拭いながら、わたしは自分の右耳に触れた。両耳にあけたピアスと、さらにもうひとつ。指先にあたるそれは、誰にも見えない銀色のピアスだった。

なぜかこのピアスだけは、消えなかった。なぜか、触れることができた。マスターはそれを、わたしに持っていていいと言ってくれた。だからわたしはずっと、肌身離さず大切にしていた。

彼がキセキであった証を。

死後もなお、わたしを愛し続けてくれた真広の証を。

「また真広に逢える日が来るって、わたし信じてます」

わたしが美上紗絵でいるあいだに、会えるかどうかもわからない。けれど、何度生まれ変わっても、真広を探し続けたいと思った。

泣いてばかりではいけない。涙を流しても彼はもう戻ってこない。そう自分に言い聞かせて、わたしはハンカチから顔を上げた。

過去を悔やんでも、なにも変わらない。いまを嘆いても、なにも始まらない。

真広が与えてくれた未来を、わたしは生きなければならない。

彼がまいたたくさんの奇跡の種が、大きな奇跡に変わっていくのを見届けていかなければならない。

「生まれ変わった真広のこと、絶対に見つけます」

ピアスをつけたところで、わたしがキセキになれるわけではない。それでも、キセキと関われなくなってしまうのが嫌だった。真広が見せてくれた誰も知らない世界を、見守っていたかった。ずっと、奇跡のそばにいたいと思った。

　奇跡の種を探し続けたら、いつか大きな奇跡に出会える。

　マスターにはきっと、ピアスが見えている。彼は、わたしがキセキと関わり続けることを許してくれている。

「真広に会えたら、わたし……」

　それ以上、言葉が出なかった。

　真広に出会って、もう一度恋がしたい。

　彼のことを、もう一度、好きになりたい。

「また真広と一緒に花火を見れる日が来るって、わたし、信じてます」

　涙とともに呑み込んだ言葉を、マスターは、その穏やかな瞳でくみ取ってくれたようだった。

「そんな都合のいい奇跡、わたし、望んでみてもいいですかね」

「もちろん。奇跡は、誰もが望むものだから」

　最後のひとしずくが、こらえ切れず膝に落ちる。

「……ところで、紗絵ちゃん」

　壁かけ時計を見つめたまま、マスターはわたしに時刻を告げた。

「このあと、用事があるんじゃなかった？　もう、その時間過ぎてるけど」

待ち合わせの時間はとうに過ぎていた。目に涙を残したまま、わたしは慌てて席を立った。

エピローグ　奇跡が起きるまで待って

傘をさすのも忘れて、わたしは鎮守の森に囲まれた石段を駆け上がった。

顔に雨がかかって、泣いていたことを隠してくれる。雨雲に感謝しながら、わたしは石段の上で待っている人に向かって声を上げた。

「塔子先生、ごめんなさい！」

「ゆっくりでいいわよ、紗絵ちゃん。転んだら大変よ」

待ち合わせをしていたのは、塔子先生だった。

傘をさしながら、塔子先生は鳥居の下で待ってくれていた。塔子先生はその腕に赤ん坊を抱いている。

今日は神社の秋祭りの日だった。

石段を登った先に、祭り用の白い旗を立てた鳥居が見える。境内には小さな出店が並んでいて、まるで夏祭りを再現しているようだ。いつもは閑散としている石段も、今日はたくさんの人が行き来していた。傘をさす人たちであふれていて、石段がとても狭く感じる。

本当は今日、塔子先生の家に会いに行く予定だった。けれど、せっかくの秋祭りなのだからそこで待ち合わせしようとなったのだ。

「すっかり遅くなっちゃって、ごめんなさい」

「大丈夫よ。あちこち見ながら待ってたから」

鳥居までたどり着き、肩で息をするわたしを、塔子先生は傘に入れてくれた。そして二人で神社に一拝して、鳥居をくぐる。境内のなかは、雨でもたくさんの人が訪れていた。

「紗絵ちゃん、傘……」

マスターが傘を持って追いかけてくる。そして赤ん坊を抱く塔子先生に気づいて、代わりにその傘を持ってくれた。

「ほら、綾平《りょうへい》。紗絵先生だよ」

塔子先生が、腕のなかにおとなしく抱かれている息子にそう話しかける。わかっているのかどうか、綾平は無垢《むく》な瞳でわたしを見つめていた。

この子もまた、巡り巡って新しく生を受けた身なのだろうなと、わたしは思った。

そのやわらかな頬に、そっと触れてみる。まだこの世を生きてほんの数カ月の、ほやほやの命。それを感じて、わたしは微笑みかける。

「――マスター、紗絵先生、遅いですよ！」

鳥居の向こうから聞こえるのは、綾音の声だ。今日も元気に、彼女はアルバイトを頑張っていた。

秋祭りにも、リトル・グリーンは出店していた。内容は夏祭りと同じ、フォーチュン・クッキーのくじ引き。マスターはわたしと話をするために、一時だけ綾音に出店を任せていたのだった。今日は浴衣ではなくいつもの制服を着ているので、その姿が神社の厳かな雰囲気から完全に浮いてしまっている。

「ごめんね、綾音ちゃん。忙しかった？」

「全然、暇でした。そもそも、おみくじのある神社でフォーチュン・クッキーを出すなんて、おかしくないですか？」

相変わらずお客に素通りされ続けたのだろう。膨れっ面をする綾音を見て、綾平が笑う。その笑顔につられるように、綾音もわたしたちも自然と笑顔になった。

「じゃあ、せっかくだし、一回引こうかな」

わたしは百円玉を取り出して、綾音に渡す。夏祭りのときと同じようにクッキーを選んで割ると、なんと当たりの番号が入っていた。パウンドケーキだった。

「綾音、当たりだったよ……」

「――紗絵先生、見て見て」

当たりくじに気づかず、綾音は空を見上げていた。彼女にうながされて、わたしも小雨になった空を仰ぐ。

そこには、大きな虹がかかっていた。

「綺麗だね。いいもの見れたね、綾平」

そう、綾音は弟に話しかける。塔子先生もマスターも、同じように空を見上げていた。

雨の上がりかけた空に、太陽が小さないたずらをしていた。

占いはなんて書いてあったのだろうと思い、わたしはそれを確認した。みんな虹に夢中で、わたしが紙を開くカサカサという音に反応したのは綾平だけだった。

「……見て、綾平くん」

開いた紙を見せながら、わたしはそっとささやいた。

『奇跡が起きるまで待って』

占いには、そう書かれていた。

それは、マスターがわたしのために用意してくれたささやかなプレゼントなのか。

それとも、偶然わたしがこのくじを引いただけなのか。

「わたし、この言葉、信じていいかな」

これが、真広が残してくれた最後の奇跡のように、わたしには思えた。

にこりと、綾平が笑う。言っていることをわかっているのだろうか。そのかわいらしい笑みに、わたしは目頭が熱くなるのを感じた。

この小さな命は、わたしの希望だ。

誰かの魂が巡り巡って、綾平に生まれ変わったように。真広の魂もまたいつの日か、こうやって新しい生を受けるに違いない。

その新しい命と出会える奇跡を、わたしは願いたい。

「誰かが綾平くんに生まれ変わったみたいに、また真広に会えるって信じていいかな」

その小さな手のひらが、わたしに伸ばされる。そっと指先をのせると、力強く握り返された。

「……ありがとう、綾平くん」

この占いが当たる日を、わたしは信じたい。

いつかまた、真広に会える日が来ますように。

その奇跡が起きるまで待とうと、わたしは雨上がりの虹に誓った。

第10回日本ラブストーリー&エンターテインメント大賞

二〇〇五年より始まった「日本ラブストーリー大賞」。第10回を迎えた本年、より幅広いエンターテインメント作品を募集すべく、賞名を「日本ラブストーリー&エンターテインメント大賞」に変更いたしました。

四百四十四通の応募のなか、残念ながら大賞は該当作なしという結果でしたが、大賞には該当しないもののその発想は賞に値するという意見のもと、最優秀賞に田丸久深さんの『僕は奇跡しか起こせない』（応募時タイトル『奇跡33756』）が選ばれました。

わずか十歳という若さで突然死んでしまった逢田真広は、人々に幸福をもたらす「キセキ」として再び紗絵の前に姿を現した。世の中の奇跡のほとんどは、じつは彼ら「キセキ」たちがこっそり手助けすることによって起こっているという。真広はなぜ「キセキ」になったのか。そして、彼が最後に起こす奇跡とは……？

日常に起こる奇跡は、じつは一度死んだ人間が人々に奇跡を起こす「キセキ」となり、世のために起こしているものであるというその発想がすばらしく、また、設定はファンタジーでありながら、日常を描くことできちんとエンターテインメント作品に着地している部分が高く評価され、今回の最優秀賞受賞に至りました。

最終選考に携わった審査員の選評をご紹介します。

奇跡という言葉を違うものにしてしまおうとする切り口は挑戦的で、わかりやすく人を惹きつける。その場合、カウンターとなる対立項があると物語もキャラクターも膨らむ。光と影のように、奇跡とキセキがあってもいい。奇跡とは何か、という点ももっと考えて欲しい。キリスト教的な教義、偶発的な幸運、願いが叶うこと。この三点だけでも完全に別物で、書き分けが必要だ。悪意ある奇跡も世の中にはある。主人公の願いの叶い方と、想い人がよみがえる過程での悲痛なドラマを、もっと工夫し、大いに泣かせて欲しい。心の底から奇跡をこいねがうのはどんなときか？　ということを突き詰めるといい。

作家　冲方丁《うぶかたとう》さん

主人公を守る男の子を幽霊ではなく「キセキ」としたところが秀逸。主人公の素直さも伝わってきますし、彼の強引さと寂しさを併せ持っている様子も魅力的です。もう少しオリジナリティのある展開が読みたかったのは確かですが、ラブ要素もエンタメ要素もバランスよく盛り込まれ、この先書き続けていける素地を感じました。個人的には、綾音さんの恋がどうなるのか、まったく想像できなくて興味を持ちました。

ライター　瀧《たき》井《い》朝《あさ》世《よ》さん

「キセキ」という設定の発明、ネーミングが見事だと思います。加えて王道のファンタジーでありラブストーリーとしての魅力を感じました。入り口がおもしろい分、ラストが消化不良になっているのが気になりました。これからどんどんおもしろい発明的なアイディアの小説を書いていただきたいと思いました。

映画プロデューサー　川《かわ》村《むら》元《げん》気《き》さん

続いて、作者の田丸久深さんについて、簡単にご紹介させていただきます。

田丸さんは一九八八年、北海道生まれ。現在は医療事務員として勤務する傍ら、執筆活動を続けられています。

高校卒業後からいろいろな新人賞に応募して作家になる夢を持ち続けていたという田丸さん。好きなファンタジー系の作品で培った想像力を武器に、今後も私たちを楽しませてくれることと期待いたします。

最後に、一次・二次選考委員のみなさま、最終選考委員のみなさま、ご応募くださった方々、そして本作を読んでいただいた読者のみなさまに、心より御礼申し上げます。


日本ラブストーリー&エンターテインメント大賞事務局

この物語はフィクションです。もし同一の名称があった場合も、
実在する人物、団体とは一切関係ありません。

刊行にあたり、第10回日本ラブストーリー&エンターテインメント大賞・最優秀賞受賞作、
『奇跡33756』を改題・加筆修正しました。

田丸久深（たまる・くみ）

1988年、北海道生まれ。北海道在住。
高校卒業後、医療事務員として働く。
本作で第10回日本ラブストーリー＆エンターテインメント大賞の
最優秀賞を受賞し、デビュー。

宝島社
文庫

僕は奇跡しか起こせない
（ぼくはきせきしかおこせない）

2015年7月18日　第1刷発行

著　者　田丸久深
発行人　蓮見清一
発行所　株式会社 宝島社
〒102-8388　東京都千代田区一番町25番地
電話：営業 03（3234）4621／編集 03（3239）0599
http://tkj.jp
振替：00170-1-170829（株）宝島社
印刷・製本　株式会社廣済堂

ISBN978-4-8002-4380-5